ほっといて下さい3

～従魔とチートライフ楽しみたい！～

シルバ
魔獣フェンリル。
ミヅキの従魔で
高度な魔法を自在に操る。
ミヅキ命。
シンク
鳳《ほう》凰《おう》の雛。
ミヅキに命を救われ、
従魔の契約を結ぶ。
ミヅキ
事故で命を落とし、幼女として
転生してしまった。
スローライフを送りたいのに
たびたびトラブルに巻き込まれる。
ドラゴン亭のお手伝いに奮闘中!
CHARACTERS
登場人物紹介

シリウス
ユリウスの双子の弟。
レオンハルトの護衛。
デボット
元奴隷商人。
今は奴隷として
囚われの身になっている。
ユリウス
シリウスの双子の兄。
レオンハルトの側近。
レオンハルト
ウエスト国の第一王子。
我が儘で小生意気。
ミヅキに一目ぼれする。
リリアン
料理店「ドラゴン亭」を
営む女将。
面倒見がいい姉御肌。
コジロー
短剣使いの忍者。
ギルドでは、ミヅキの
講師を務める。
無口だが愛情深い。
ベイカー
誠実で頼りがいのある
A級冒険者。
ミヅキの保護者で、
彼女には常にデレている。

プロローグ

私、美月《みづき》は前世で事故に遭い、命を落とした。

しかし、なぜか幼女の体に転生してしまい、ミヅキと名乗ることに。

この世界で一緒に暮らしているのは、少し私に甘いけど頼りになるA級冒険者のベイカーさんに、強くてかっこいいフェンリルのシルバ！　それに可愛い鳳凰《ほうおう》のシンク。

トラブルに巻き込まれ体質なのか、誘拐されたり、王子様に求婚されたりと散々な目に遭っている。

私はのんびり楽しくシルバやシンクと生活できればいいだけなのに、なぜか周りに人が集まり騒がしい毎日。

神様、せっかく来たこの世界……もう少し、ほっといて下さい……

一　ポルクスの村

「皆さん、ここです！」

御者《ぎょしゃ》を務めていたポルクスさんの声と共に馬車が止まった。

私はこれから、いつもお世話になっている食堂『ドラゴン亭』の女将《おかみ》リリアンさん達と共に、王都に向かう。なんでも王都では『ドラゴン亭』のハンバーグが大人気とのことで、期間限定でお店を出して欲しいと頼まれたのだとか。

そのお手伝いを頼まれ、王都への道中、ポルクスさんの村に寄って牛乳を調達しようというのだ。

早速ポルクスさんの村に入ろうとすると、異様な臭いが鼻をついた。

【うっ！　ちょっと俺にはキツイな……】

シルバが顔を顰《しか》めて村に入るのを躊躇《ちゅうちょ》する。鼻がいいシルバには、この臭いがキツいみたいだ。

【シルバどうする？　外で待ってる？】

【近くに危険なものはないようだし……そうだな今夜は村の外にいることにしよう。シンク、ミヅキを頼むぞ】

シルバは仕方なさそうに頷き、シンクに私のことを頼む。シンクが【分かった】と頷いた。

そして、シルバは私の髪に鼻先を寄せ、クンクンと匂いを嗅《か》ぐ。しばらくそうして、気が済んだのかホッと息を吐いた。

【いい子にな】

シルバはそう言うと村を離れて行った。私は姿が見えなくなるまでその背中を見つめる。

「ミヅキ、シルバはどうした？」

ベイカーさんが村を離れるシルバの姿を見て、不思議そうに声をかけてきた。

「シルバ、ここの臭いがキツいから外で待ってるって」

「ああ。小さい村だと警備する奴《やつ》がいないから、周りに魔物避けの薬を撒《ま》くからな……シルバは鼻がいいから堪らんだろ」

そう教えてくれた。それは仕方ないけど、今までずっと一緒にいたシルバが居ないのはやはり寂しい。でも、わがままは言えないので、無理やり頷いた。

ベイカーさんはそんな私を抱き上げるとにっこりと笑う。

「じゃあ、今夜は俺と一緒に寝るか？」

えっ！　ベイカーさんと!?

そう言えば、ベイカーさんと寝たことないなぁ……ちょっと恥ずかしいけど……きっと寂しそうにしていた私を励まそうとしてくれたのだろう。

「うん！」

私は笑って了承した。ベイカーさんは頬を緩めて、頭を撫でてくれる。

抱き上げられたまま村に入ると、大きな囲いが目に入った。中には牛が沢山放されている。

「ほれ！　ミヅキここに来るの楽しみにしてたんだろ？　牛を見てこいよ」

ベイカーさんは、牛を珍しそうに見てソワソワする私を地面に下ろす。そして、私の背中をポンッと押した。少し元気になった私は、シンクと共に駆け出した。

「うわぁー！　大っきいね！」

柵の向こうに放牧される異世界の牛は、日本で見た牛より少し大きい気がする。色は茶色と白の模様だった。

柵に上り眺めていると、牛達がワラワラと側に集まってきた。

「わぁ！」

餌《えさ》を持っていると思ったのか沢山集まってきた。驚いて柵から落ちそうになると、誰かが後ろから受け止めてくれた。

「大丈夫かい？」

振り返ると、優しげな顔のおばさんが笑っていた。

「ありがとうございます」

「牛に好かれるなんて珍しいね」

お礼を言って頭をペコッと下げる私に、おばさんは嬉しそうに言う。

「触ってもいいですか？」

まだこっちを見ている牛に目を向けながら聞く。彼女は笑って頷き、柵まで抱き上げてくれた。

牛達の頭に手を伸ばして撫でてやると、皆気持ちいいのか目をつむる。可愛い。

「あはは、こいつら気持ちよさそうにしてるよ！」

「――母さん！」

牛の様子におばさんが豪快に笑った。その笑い声に気がついたのか、荷物を下ろしていたポルクスさんが慌てて駆けつけ、おばさんに声をかけた。

「あら！　ポルクス、おかえり」

おばさんはポルクスさんの顔を見ると、驚きに目を見開く。

「ポルクスさんのお母さん？」

おばさんとポルクスさんを交互に見ながら尋ねる。おばさんは「そうだ」とにっこりと笑った。

「息子の知り合いかい？　私はこの村の村長をしてるエミリーだよ」

「凄ーい！」

エミリーさんは女の人なのに村長さんをしてるなんて！　私は尊敬の眼差しを送る。

「旦那が死んじまって、仕方なくね。でも小さい村だから皆で助け合ってるんだよ。ポルクスもよく助けてくれるしね」

ありがとうな！　とポルクスさんの肩をバンッバンッと叩くエミリーさん。ポルクスさんは居心地悪そうだ。そして、話を逸らすように私を紹介してくれた。

「それより、この子は牛乳が欲しいらしいんだ。案内してやってくれよ」

「この小さい子が？」

エミリーさんがびっくりして私を見下ろした。

「ああ、今流行《はや》ってるハンバーグを考えたのもこの子なんだよ！」

「ミヅキです。よろしくお願いします。私、牛乳が沢山欲しいんです！」

鼻息荒くエミリーさんに詰め寄る。

「どのくらい？　樽一個分くらいかな？」

「いいえ、このお金で買えるだけ欲しいんです！」

私はお金が入った袋をドーンとエミリーさんに差し出した。その量を見て、村の皆が集まってきて顔を見合わせた。恐る恐るお金の袋を覗き込んでいる。

「君、一体何樽買う気なんだい？」

「足りませんか？」

この日の為に頑張ってギルドで依頼を受けてお金を貯めたのに、少なかったかな……

残念に思い、眉尻が下がっていく。そんな私の様子に村の人達が慌てて首を横に振った。

「いやいや！　多いんだよ。これほとんど銀貨だろ？　この金額分買うと五十樽位になっちゃうよ」

えっ！　そんなに買えるの？　一樽にどのくらいの量が入るんだ？

樽を見ると、まぁ標準な灯油缶位あるかな？　てことは十八リットルは入るよな。一樽あたり銀貨三枚位――三千円ほどかと思うけど……

「一樽いくらですか？」

「一樽銀貨一枚だよ」

えっ！　それって千円くらいだよね!?　安すぎない!?

予想以上の安さに驚いてしまった。

「他の村は牛乳をあまり飲まないからな、チーズとかなら運ぶのも楽なんだが……」

ポルクスさんが、寂しそうに呟いた。

わざわざここに買いに来てまで飲む人は少ないようだ。もったいない、搾《しぼ》り立てなんて美味しいだろうに……

「保管が長いことできないからな」

村の人達もしょうがないと苦笑し諦めているようだ。

「殺菌はしないんですか？」

「さっきん？」

あまりにもったいないので、どんな保存方法をしているのか聞いてみた。

皆なんだそれはと首を傾げる。まさかなにもしないで、そのまま出してるとか……？

「牛乳を六十五度程度の温度で、三十分位ゆっくり加熱するんです。生乳の中の菌が死滅《しめつ》して、腐《くさ》りにくくなると思います。それだけでも保存期間が延びるんじゃないかな！」

私の言葉に村の人達がざわつく。

「後は冷たいところに置いておけば一週間くらいは持つと思いますよ！　まぁ、早めに使うに越したことはないですけどね」

「それくらい保存期間が延びたら近くの町になら運べるな！」

牛乳が売れるかもしれないと村の人達の声が明るくなった。

「後はそうだな……牛乳を使ったお料理とかも沢山ありますよ！」

牛乳は色んな料理に使えるもんね！　私はニコッと笑った。

「ポルクス！」

「な、なんだよ」

すると突然、エミリーさんが真剣な顔で叫んだ。ポルクスさんが母親の様子に驚き、後ずさる。

しかし、エミリーさんは逃がすまいと彼の肩をがっちりと掴んだ。

「今すぐこの子と結婚しな！」

本気の形相《ぎょうそう》だ。なんか目が血走ってて怖いなぁ……それに結婚って、ないない。

心の中で冗談でしょと笑っていると、ポルクスさんがベイカーさんを見て顔色を悪くした。

「変なこと言うな！　べ、ベイカーさん冗談ですからね！」

ベイカーさんは笑顔で固まっている。

「ベイカーさん聞いてます？　嘘ですよ！　冗談！　なぁ母さん！」

「あ、ああ……分かってるよ……冗談……だよな、もちろん」

ポルクスさんがベイカーさんの肩を必死に揺らす。ベイカーさんはハッとして動き出す。そして、変な笑みを浮かべ、ポルクスさんの肩をグッと鷲掴《わしづか》みにした。

「ぐわぁ！」

ポルクスさんが急に叫んだと思ったら、顔を顰《しか》めて膝をついている。痛そうに肩を押さえている彼に、「悪い悪い」とベイカーさんが謝っている。

「つい、力がこもっちゃった！　あはは、ポルクスは大袈裟《おおげさ》だなぁ～」

乾いた笑いをしている……目が笑ってないよ。

「まったく、冗談も通じないんだから……」

ポルクスさんはベイカーさんが掴んでいた肩を擦《さす》り、チラッと睨みながら呟いた。

そんな冗談は置いといて、村の人達が殺菌をしてから牛乳を渡してくれると言うので、この日は村に泊まって、明日の朝に牛乳を受け取って出発することになった。

村の人が、夜通し準備してくれるとのこと。お世話かけます。

でも、牛乳楽しみだなぁ～、なにを作ろう！　まずは、そのまま飲むのがやっぱり美味しいよねー！　お風呂上がりに腰に手を当てて、こうグイッと！

んー考えるだけでヨダレが出そうだ！

あとはチーズに加工できるなら生クリームとかバターもできるかな？

ちなみに、さっき出した金額分の牛乳を用意することはさすがにできないそうだ……残念。

それならどの位買っていこうかな、とベイカーさんに相談する。すると彼は信じられないことを言った。

「五樽ぐらいでいいんじゃないか？」

「五樽!?　そんなの全然足りない！　もっと欲しいです！」

「だってそんなに持っていけないだろ！」

「収納魔法で持っていきます！」

ベイカーさんが呆れているので、問題ないと首を横に振る。自慢じゃないが、副ギルドマスターであるセバスさんに教えてもらった収納魔法があるのだ。

「だからそれでも五樽ぐらいが限界だろ！　これからも荷物が増えるかもしれないんだ、収納する空間に少し余裕を残しておかないと！」

え？　それでも……もっと入るよね？

「収納空間って、この樽なら五十樽でも余裕で入るよね？」

不思議に思って尋ねた途端、ベイカーさんのこめかみがピクピクと震え始めた。

あっ！　これは私がなにかやらかした時の顔だ！　やばい！

私は逃げようとくるっと後ろを向くが……ガシッとあっさり捕まる。

やはりA級冒険者からはそう簡単に逃げられないか……

「ミーヅーキー！　それはどういうことだ！」

「ご、ごめんなさ～い！」

ベイカーさんが私を抱き上げて、叫んだ。なにがまずかったのか分からないが、とりあえず謝って頭を隠す。

ベイカーさんが言うには、普通の収納空間は畳《たたみ》一畳分位らしい。私はというと……

「はっ？　この村ぐらいの空間があるのか？」

いくら小さな村とはいえ面積はかなり大きい。大型のショッピングモール位はあるかな？

ベイカーさんが村の広さを確認して唖然《あぜん》としてる。私はそうだと頷いた。

「だって……空間を作るって言われたから……」

大きな部屋を想像してしまった。まぁ想像してもこんなに大きな空間は作れないらしいが、私の高い魔力がそれを可能にしているみたいだ。

「どんな巨大な空間を作ってんだ……」

ベイカーさんがガクッと項垂《うなだ》れた。そしていつものごとく人前で話さないように、そして見せないように厳重に注意される。

「まぁ大量に入れるところを見られなければ、大丈夫だと思うが……」

うーんと腕を組んで悩んでいる。気をつけて使いますからと宥《なだ》めると、当たり前だと更に怒られた。牛乳はベイカーさん達の収納魔法にもしまって誤魔化し、倍の十樽分を頼むことに。

なくなったら帰りにまた寄ればいいもんね！

村の人達に牛乳の用意をお願いして、私達は夕食をいただき休むことになった。ベイカーさん達大人組は夕食後にお酒を出されて、いい気分で飲んでいる。

「ベイカーさん、もう寝ようよー」

「ああ、もうそんな時間か？　よし寝るか」

ほろ酔いのベイカーさんを揺すると、やっとお酒を置いて私と寝室へ向かってくれた。

用意された部屋には質素なベッドが置いてあった。そこにベイカーさんと並んで寝っ転がる。

ベイカーさんは酒で気分がよかったのか、すぐに眠りについてしまった。

隣で気持ちよさそうに寝ているベイカーさんを見て、私は苦笑してはだけた布を掛けてあげる。

自分もまた横になると、シンクが私の頭の横で丸くなり、寄り添って寝ている。

【シルバ……】

いつもならシルバのフワフワの体に抱かれて寝るが、今夜はそれがない。私はシルバの温もりが恋しくてつい心の中で呟いた……

【ミヅキ、どうした？】

するとシルバからすぐに返事が聞こえた。

【シルバ!?　今どこに居るの？】

【ミヅキがいる村を見下ろせる高台にいるぞ】

私は近くにいるのかと起き上がって辺りを見回したが、ガックリとしてまた横になった。でも思ったよりも近くにいたことと、シルバの声を聞けて少しホッとする。

【シルバ……そんなに近くて臭いは大丈夫？】

【ああ、風上にいるから大丈夫だ。ミヅキは今なにしてるんだ？】

【シルバがいないから、ベイカーさんとシンクと寝てるよ】

【なに！　ベイカーと寝てるのか……まぁしょうがないか……】

少し不服そうな声だった。

【ふふ、シルバがいなくてちょっと寂しかったけど……声が聞けてよかった……】

シルバの声を聞いて安心すると急に眠くなってきた。

【ああ、俺もだ……】

シルバが答えるが返事ができない。

【ミヅキ、おやすみ】

シルバは眠りにつく私にそっと語りかけた。

◆

「ミヅキおはよう」

頭の上から声がする。

まだ眠くてモゾモゾッと暖かいほうへ向かうと、硬いものに顔が当たった。おかしいなと思い目を開ける。それはベイカーさんの胸板だった。

「ベイカーさん、おはよぉ～」

私は寝ぼけたままベイカーさんにギュッと抱きつき、硬い胸板に顔をすりすり擦《こす》りつける。

う～ん、やっぱりシルバのほうがいいなぁ～。ベイカーさんの腕の中も安心するけど、シルバのあのモフモフの毛並みにはかなわない。

【シンク～おはよぉー】

今度はシンクを抱き上げてふわふわの羽に顔を擦《す》り寄せる。

【あは、ミヅキくすぐったい！】

そう言いながらもシンクも私に擦り寄ってくれた。

三人でのそのそと起きて支度をして部屋を出る。リリアンさんと、旦那さんであるルンバさんはもうすでに起きていた。

「リリアンさん、おはよぉございます」

挨拶をして近づく。キッチンには美味しそうな香りが漂っている。

「ミヅキちゃん、おはよう。ごはん食べられる？　泊まらせてもらったお礼に朝食を作ったのよ。昨日、ミヅキちゃんが教えてくれた、牛乳のシチューよ！」

お皿を洗いながら挨拶を返してくる。そう言えば、昨日リリアンさん達にシチューの作り方を教えたんだった！

「わぁ食べたいです！　あっ、私もお手伝います」

「じゃあ、旦那のところに行って味見してみてくれる？」

リリアンさんは笑って料理を作るルンバさんのほうを見た。私は頷き、寸胴《ずんどう》のような大きな鍋でシチューを混ぜているルンバさんのもとに向かった。

「ルンバさんおはようございます」

「ミヅキ、おはよう。よく寝られたか？」

挨拶をしながら近づくと、ルンバさんが鍋をかき混ぜつつ返事をした。

「うん。ベイカーさんが一緒に寝てくれたから」

少し恥ずかしくなって、はにかみながら答えた。

ルンバさんは「よかったな」と優しく笑ってくれる。そして、早速味見をしてくれと言って、スプーンでひとさじシチューを掬《すく》って、私の口元に運んだ。

フーフーと少し冷ましてパクッと口にする。うん！　美味しい！

クリーミーで優しい味つけ。さすがルンバさんだ、朝食にもってこい。

十分いい味だけど、もう少しとろっとしててもいいかな？

「美味しいです。でももうちょっととろみがあったら、もっと美味しくなりませんか？」

口を拭《ふ》きながら提案してみる。

「とろみか……なるほど」

ルンバさんは腕を組み、じっとシチューを見て考え込んだ。

「今日は朝だしこの位でいいと思います。芋を入れると溶けてとろみも増しますよ」

そう教えると今度やってみると言ってメモを取っていた。

ルンバさんの作った朝食は村の人達にも評判がよく、村のおばちゃん達が作り方を教えてもらっていた。この料理が有名になれば、村に牛乳を買いに来る人が増えるかもしれない。

皆でご飯を食べ終え、村を出る準備をしていると、早速エミリーさんが牛乳を運んできてくれた。

「こっちの分が、ミヅキちゃんのだよ！」

エミリーさんが、積んである樽をポンと叩いて教えてくれる。

「ありがとうございます！　じゃこれお代です！」

両手で銀貨を十枚渡した。エミリーさんはにっこり笑って受け取ってくれる。

「はい、確かに。こんなに沢山牛乳を買ってくれてありがとうね、これはおまけだよ！」

「いいんですか？　嬉しい！」

なんと一樽サービスしてくれた！

喜びのあまりぴょんと飛び跳ねてしまう。私はとびっきりの笑顔でお礼を言った。

「こっちはお店の分だよ！」

リリアンさん達は四樽買ったようだ。一人一樽ずつ収納して残りは馬車に積むようなので、後で皆の分も収納しといてあげよう！

「じゃ収納しちまおう！」

ベイカーさんが声をかけると、皆が自分の収納魔法でしまっていく。

私も自分の分をしまっていくと……

「お嬢ちゃん……すげぇ入るな……」

喜びのあまり浮かれてひょいひょいしまってる私を見て、村のおじちゃんが驚愕《きょうがく》していた。

あっ！　つい全部しまっちゃった！

ちらっとベイカーさんを窺《うかが》う。ポルクスさんと話していてこちらに気がついていない！

「収納する場所、この為に空っぽにしといたんです！」

身振り手振りで誤魔化してみるが、

「それでも、凄い量だぞ……」

唖然《あぜん》としている。やはり無理があったか……

「うー……おじちゃん……このことベイカーさん達に内緒ね」

お願いと手を合わせて首を傾げる。ここぞとばかりに思いっきり甘えた声を出してみた。

すると多少効果があったのか、へらっと笑い「分かったよ」と約束してくれた。

よし！　これでベイカーさんにはバレないな！

念には念をと、「絶対ね！」とおじちゃんと指切りをした。

無事（？）牛乳を買えてホクホクの私達は、早速村を出発して王都へと向かう。

ポルクスさんは出発するまでエミリーさんと話し込んでいたが、話し終わると渋い顔をして戻ってきた。それを見て、ベイカーさんがからかっている。

まったくベイカーさん、子供みたい！

ようやく皆出発する準備ができたようだ。

「じゃ行くよー！」

リリアンさんが声をかけるので、皆で馬車に乗り込んだ。

先程からかわれたポルクスさんが困った顔をしている。私は笑いかけ、手招きした。

「ポルクスさん、大丈夫？　ベイカーさんになにか言われたの？」

心配して顔を覗き込む。ポルクスさんはビクッと肩を揺らしたものの、なんでもないから気にするなと私の頭を撫でる。

まぁ大丈夫ならいいけど……

今度はルンバさんが御者《ぎょしゃ》を務めるようだ。「行くぞー」と皆に声をかけ、馬車が動き出す。

「また来てなぁー！」

村の人達が見送りに集まってくれて、手を振ってくれる。

「帰りも寄るねー！」

返事をすると、皆更に大きく手を振った。また来るのが楽しみだなぁ！

村を出てしばらく馬車で進むと、道沿いにシルバがちょこんと座って待っていた。

【シルバ！】

私はルンバさんに馬車を止めてもらい、飛び出てシルバのもとまで駆け出した。

【ミヅキ！】

シルバも私の姿に気づき駆け寄ってくる。そして、思いっきり鼻先を髪に埋めてきて、匂いを嗅《か》ぐ。

【ああ、やっぱりミヅキの匂いを嗅《か》ぐと安心する……】

私は皆に頼み込んで、しばらくシルバの背に乗って馬車についていくことにした。ここからは人里はないので大丈夫だろうと、馬車から離れないのを条件に了承を貰った。

【ベイカーと寝てどうだった？】

シルバは気にしていたのか、振り返ってそんなことを聞いてきた。心なしか面白くなさそうな表情を浮かべている。

【ベイカーさんも安心するけど……やっぱり硬いよね！　シルバのこのふわふわの毛並みにはなにもかなわないよー】

背中に顔をつけてスリスリと甘える。

【じゃあ、今日からまた俺と寝ような】

シルバが嬉しそうに、自分に擦《す》り寄る私を見て言った。尻尾が上機嫌に揺れている。

【うん、シルバとシンクと寝るのが一番気持ちいいよね！　ベイカーさん酔っ払うし、しばらくはいいや！】

今夜、寝るのが楽しみだ！　私はシルバとシンクをギュッと抱きしめた。

◆

――ミヅキ達が村を出て二日後、一組の商人達の馬車が村に寄った。

「牛乳を買いたいのですが」

「はいよ！」

早速声をかけて村人に交渉すると、村長が対応してくれた。ここの村は女性が村長のようだ。

「一樽銀貨一枚だよ！　いくつ買うんだい？」

そう聞かれて私、ビルゲートは苦笑した。

「一樽で十分ですよ。何樽も買ったって持たないでしょう？」

「いや、うちのは冷えてる場所か収納魔法を使えるなら一週間は、持つよ！」

呆れるように笑っていると、自信満々にそう言われて驚いた。

「牛乳が一週間も持つのですか！」

なぜだと聞くが企業秘密だと教えてもらえない。

「ならとりあえず三樽買いましょう。その言葉が本当ならまた買いに来ますよ」

村長は商品を用意してくると言って、その場からいなくなった。

近くにいた村人にもどんなカラクリなのか尋ねてみる。が、やはり口を割らない。

「お兄さんも買ってくれるのかい？」

お兄さんもってことは、もう買いに来た商人が他にいるのか。驚いていると、自分達が来る少し前に大量に買っていった人達がいたという。

「へー、どこの商人ですかね？」

そんな奴《やつ》いたかな？

聞けば商人ではなく、旅の途中の人達だという。しかも買ったのは小さな子供らしい。

牛乳を買う為にお金を貯めていたと聞き、更に驚いた。子供が牛乳を買う為に金を貯めるだと？

「また、その子の収納魔法が凄くてな！　この樽を十ほど軽々入れてたよ！」

村人は笑って、信じられないことを言っている。牛乳樽を十樽だと⁉

改めて樽を見つめた。決して小さいものではない。自分なら頑張っても三樽くらいが限界だろう。

興味を持ったが、なるべく顔には出さないように話を聞く。

「その子は料理の知識も凄くてな！　牛乳を使った料理も教えてくれたんだ。村の店で食べられるから是非味わっていってくれ」

いい客だと思ったのだろう。歓迎するよと言って、村人は肩を叩いて行ってしまった。

「おい、ビルゲートさん、その子もしかして……」

後ろにいた護衛の男が声をかけてきた。

「とりあえずお店に行ってみましょう。その料理、是非とも食べてみたい」

男の話を遮って、この村で少し休むことにした。

ちょうどその時、村長が樽を運んで戻ってきた。代金を支払い、荷馬車にしまっておく。そして、村長に先程の件を尋ねてみた。

「ここで美味しい料理が食べられると聞いたのですが……どこのお店に行けばいいですか？」

村長は人の好い笑みを浮かべ、店まで案内してくれた。

お礼を言って別れて店に入る。早速その料理を人数分頼むと、すぐに運ばれてきた。

見た目は白い煮込み料理のようだった。これは牛乳を温めてあるのか？

熱いから気をつけてと言われたので、冷ましながら口に運ぶ。

「う、美味い！」

「これは……」

初めて食べる味に手が止まらず、皆であっという間に完食してしまった。

「収納魔法に料理の知識……」

いいことを聞いた。私はニヤッと笑う。

「王都に行くと言ってましたね……目的地が一緒でよかったです」

「――おい！　あの村にいた子って……」

村を出るなり、護衛を任せている冒険者のライアンが話しかけてきた。

「十中八九、あの町で有名なミヅキって子じゃないですかね」

「あの子は苦手だ……」

笑いながら答えるとライアンの顔が歪《ゆが》んだ。なにか因縁でもあるのか忌々《いまいま》しそうにしている。

「でも、商人としてとってもお近づきになりたいなぁ～。あの子が持ってきた商品をギルマスが隠してしまって、見せてもらってないのです。でも、凄く気になってるんですよね。あの時は全然喋れなかったから……」

先日、私はミヅキという子と商業ギルドで顔を合わせている。商業ギルドのギルドマスターも彼女を買っていて、気になっていたのだ。

ライアンは私の態度に渋面を作るが、冒険者達の事情など知らないし、興味もない。私は構わずに笑みを浮かべた。

「あの子に関わるのはおすすめしないぞ。きっと碌《ろく》なことにならない」

ライアンがそう苦言を呈する。

「あれからギルマスの様子もおかしかったし……あの子にはなにか秘密がありそうなんですよね」

笑うのをやめられずに口の端がグッと上がった。

「金の匂いがするんですよ～」

冒険者達に、いつもの商人用の爽やかな笑顔を貼りつけて向き合う。冒険者達は、顔を顰《しか》めている。だが、金になりそうなことを前に、そんなものは些末《さまつ》な問題だ。

「王都で会うのが楽しみです！」

私は足取り軽やかに王都へ進んだ。

二　王都へ

「到～着！」

王都に着くなり、私は勢いよく馬車から飛び降りた！

馬車の旅に飽《あ》き始めていたので地面が嬉しい。土の感触を噛み締める。

「まだ着いてないぞ」

そんな私にベイカーさんが苦笑し、あれを見ろと後ろを指さす。

そこには王都に入る為、城門で手続きをする人や馬車の行列ができていた。

「えー！　あれに並ぶの？」

某テーマパークばりの行列が見えてげんなりする。

「王都に入るにはしょうがないだろ」

そんなもんか……まぁ、町に入るだけでも身元確認するもんね。王都となればその規模も人数も桁違《けたちが》いだろう。ここは大人しく並ぶか……

「シルバのところに行ってていい？」

「ああ、警戒されそうだから、従魔ってことを今のうちに確認してもらっとこう。あと！　グレートウルフだからな！」

どうせならシルバと並びたい。そう思って尋ねると、ベイカーさんに念押しされる。

おお！　そうだった、忘れてた！

シルバは本来フェンリルだが、正直に種族名を告げると警戒されるし、目をつけられるかもしれない。そのため、聞かれたらグレートウルフと答えるようにと、ここに来る馬車の中で口酸っぱく言われていたのだ。

「はーい」

私は適当に返事をして、シルバのもとに向かった。

【シルバ～、一緒に並ぼう！】

シルバのもふもふな体に思いっきり飛びついた。

【乗っていい？】

窺《うかが》うように見上げると、シルバは当たり前だと言って、乗りやすいように伏せをしてくれる。ありがたくシルバに乗り、馬車の隣に行ってもらう。

【王都に入るのに、この行列に並ぶんだって！】

【塀《へい》を乗り越えたほうが早いな】

シルバは面倒臭そうに王都の周りをグルッと囲む高い塀《へい》を見上げている。

【シルバ、この塀《へい》飛び越えられるの？】

びっくりしてしまう。王都の塀《へい》は私達の町の五倍以上ありそうな高さだ！

【途中、脚を引っ掛ければ行けるな】

【僕も翔べば行けるー！】

シンクが私達の頭の上で羽ばたいた。この二人なら余裕そうだ。

【いつかシンクが大きくなったら運んでもらえるかな】

【うん！　ミヅキなら乗せてあげるよ！】

シンクに乗せてもらい空を飛ぶことを想像すると、胸が高鳴る。シンクも頼もしく頷いてくれて、つい嬉しくなり、もふもふしてしまった。

二人とじゃれていると時間があっという間に過ぎて、だいぶ列が進んでいた。

「ミヅキー！　そろそろ順番がくるぞー」

ベイカーさんが馬車から声をかけてくる。

「はーい！　ギルドカードを見せればいいんですよね？」

再度確認すると、バッグからギルドカードを取り出した。それをベイカーさんに向かってかざす。

「ああ、それで平気だ！」

いよいよ城門が近くなり、ベイカーさんも外に出てきた。どうしてわざわざ降りてきたの？

「俺は護衛だからな。ルンバ達とは別に確認事項があるし、依頼書も見せないといけないんだ」

私の顔に「なんで？」と書いてあったのだろう、丁寧に教えてくれた。

へー！　護衛の仕事も大変だなぁ〜。

しかしさっきからなんか視線を感じる。チラチラと見られているようだ。

「ベイカーさん……なんか見られてない？」

確認するとベイカーさんがそうだなと頷いた。

やはりシルバが目立つのだろう、まぁかっこいいもんね！

「はぁ……」

一人納得してうんうんと頷く。そんな私を見下ろしながら、ベイカーさんがため息をついた。

え？　なに？

「まったく、お前は……注目を浴びてるのが自分だと気づかないのか……本来ならギスギスするこの長蛇の列が、俺達の周りだけこんなに穏やかなのに」

そう言われて周囲を再度見回す。確かに周りにいる人々は優しい表情を浮かべて、こちらを見つめていた。中にはデレッと頬を緩めている人までいる。

「これだから目が離せん。ミヅキ、あまり離れるなよ！」

ベイカーさんは周囲を一瞥《いちべち》すると、私に囁《ささや》いた。

そうこうしている内に前の列が二つに分かれた。両端に二人ずつ門番が立ち、書類と人数の確認をしている。

私達の馬車の番になると、リリアンさんが王都の商人から預かっていた書類を門番に渡した。中身を確認され、馬車に乗っている人数を聞かれている。

「あの従魔に乗ってる子も一緒です」

リリアンさんが私を指さした。門番がこちらに目を向けて、ギョッと二度見する。

「そ、そちらの魔獣が従魔なんですか？」

門番が信じられないと目を見開き尋ねてくるので、シルバの従魔の腕輪を見せる。

「確かに、従魔の腕輪です……ね、こちらは……グレートウルフですか？」

なんか大きくないかとヒソヒソと話し合っている。

「はい！　ギルドカードです！」

私はこれ以上疑われる前にと、門番達に自分のカードをグイッと差し出した。

「あ、ありがとうな」

門番が受け取り確認する。

「君がテイマーなのか？　じゃこれは君の従魔？」

「はい、シルバはとってもいい子です。可愛いしかっこいいし……中に入ってもいいですか？」

小さな私を見て、門番は更に驚いてしまったようだ。首を傾げて、懇願するように聞いてみた。

「ああ……大丈夫だよ」

私が小さい子供だからだろう、頭を撫でながら笑って許可してくれた。

なんだか門番さんの顔が優しくなった気がするなぁ。

そんなことを思っていると、ベイカーさんが後ろから咳払いをした。すると、門番が慌てて手を離して行っていいと促した。

よかった！　シルバが大人しいからね。無事通れた！

「ありがとうございます！　門番さん、お仕事お疲れ様です！」

声をかけてバイバイと手を振り、馬車と一緒に前に進んだ。

次にベイカーさんが前に進み出た。不機嫌そうに門番達を睨みながら、自分のギルドカードと依頼書を出す。

「あっ！　前の馬車の護衛ですね。あの子可愛いですね。あの夫婦の娘さんですか？」

門番に聞かれるが、「さぁ？」と曖昧《あいまい》に答えている。

「俺達にお疲れ様ですって声掛けてくれる子なんて、なかなかいないよなー！」

もう一人の門番が言うと、相手もうんうんと同意するように頷いた。

「あの人達、お店を出す為に来たって書類に書いてあったし……お店に行けばまたあの子に会えるかな？」

「おいそれよりも、仕事してくれるか!?」

門番さんとベイカーさんが話しているがよく聞こえない。しかし、ベイカーさんの顔がますます不機嫌になっていくので、戻ってみることにした。

「ベイカーさん、どうしたの？」

近くに行こうとする。しかし、なんでもないからこっちに来るなと手でシッシッと追い払われた。

まったく、ベイカーさんわがままなんだから！

私はプーッと膨れながら、リリアンさん達のもとに向かった。

「あいつは、また余計なことをして……」

後ろからベイカーさんのため息が聞こえる。これは怒られる前に離れておいて正解だわ！

「見たかあの顔！　可愛いなぁ！」

「お兄さん！　どこでお店出すんですかね？　俺、行きたいんで！」

「おいミヅキ。来て早々目立つなよ……」

ベイカーさんがなにか呟いたけど、無視無視！

チラッと振り返ると、先程の不機嫌な顔を引っ込めて、今度は笑顔で門番と話している。あの顔はなんか嘘をついてる顔だなぁ～。

「まぁいっか！」

それよりも初めての王都だ！　ワクワクしながらその門をくぐった。

無事王都に入り、馬車で目的の場所に向かうべく街を進んで行く。とにかく人が多い。ベイカーさんがこれ以上目立つのはよくないと言って、私は馬車に入れられた。代わりにベイカーさんが外に出て、シルバと一緒に歩くことになった。

ベイカーさんとシルバが並ぶと違和感がない……かっこいい冒険者がかっこいい従魔を連れているように見える。

ムッ！　シルバは私の従魔なのに！

なんだか面白くなくてちょっと怒っていると、大きな屋敷の前で馬車が止まった。リリアンさんとルンバさんが馬車を降りていく。すると、屋敷から男の人が慌てて出てきた。

「リリアンさん、ようこそおいでくださいました！　お迎えに行けずにすみません」

ややおでこが広めの、薄い茶髪の小柄な男の人が、小走りでこちらに向かってくる。彼はリリアンさんの前にたどり着くと、頭をかいて謝った。

「マルコ様、このたびはよろしくお願いします」

リリアンさん達が男の人――マルコさんに頭を下げた。

「やめてください！　私のことは呼び捨てで構いません。こちらの無理なお願いを聞いていただき、本当に感謝しています。私達にできることならなんでもしますので仰ってくださいね」

今回リリアンさん達に仕事を依頼したのは貴族と聞いていたが、マルコさんは腰の低いとても気持ちのいい人だった。年齢はルンバさんと同じくらいの三十代後半くらいに見える。

聞くところによると、とある貴族の人が、彼に今回の話を持ち掛けたのだとか。マルコさんも爵位は低いとはいえ、貴族であるという。

「旦那様！」

屋敷から、執事らしきおじさんとメイド服姿の人達が慌てて出てきた。主人が自分達よりも早く客人を出迎えてしまって、相当焦っているようだ。

「エド！　マリア！　こちらが今日からお迎えするリリアンさんとルンバさん。それにドラゴン亭の皆さんだ！　粗相《そそう》のないようにもてなしてくれ！」

そう声を張り上げるマルコさん。なんかテンション高いなぁ……

「旦那様、とりあえず皆さんを屋敷にご案内致しませんと」

執事のエドさんが屋敷前で騒ぐマルコさんを諫《いさ》めた。

「ああ！　すみません。どうぞこちらに」

マルコさんも屋敷の前にいたことを思い出したようだ。エドさんが馬車を誘導してくれ、ようやく屋敷の中に案内された。

「改めてご紹介を、私がドラゴン亭の女将《おかみ》のリリアンと申します。こちらが主人で料理人のルンバ、助手のポルクスです」

リリアンさんの紹介に、二人が頭を下げる。

「そしてこちらが、娘の（ような存在の）ミヅキと、護衛のA級冒険者のベイカーさんです。こちらは従魔達になります」

「よろしくお願いします」

「よろしく」

娘だって……顔がニヤけるのを抑えて、私達もリリアンさんの後ろからおじぎをする。

「よろしくお願いします。私はリングス商会を経営するマルコ・リングスと申します。こちら執事のエドモンドとメイド長のマリアです。屋敷のことはこの二人になんでも聞いてください」

笑顔で自己紹介をしたマルコさんの後ろでは、エドさんとマリアさんが深く頭を下げている。

おお！　この人がルンバさんが（頭髪を）心配してた商人さんか……言うほど後退してない気がするけどなぁ～。それより……

リアル執事！　リアルメイド！　きたー！

「王都に滞在中はマルコさんの屋敷にお世話になるのですか？」

リリアンさんがなぜか驚いている。

「はい、部屋もありますしそう考えておりましたが、宿を取ったほうがよろしいですか？」

「いえいえ！　私達庶民が貴族様の屋敷に泊まっていいものかと思いまして……」

マルコさんが先走ったかと申し訳なさそうにしている。それに、リリアンさんは勢いよく首を横に振り、少し困惑気味に言った。

リリアンさんの言うことはもっともだ。でも、マルコさんて貴族っぽくないなぁ～。

商人でもあるからかな？　なんか親近感が湧く。

「いやー、貴族といっても商人からの成り上がりですから気にしないでください。ほぼ庶民ですから」

気にもしてないようで笑っているが、商人から貴族になったということは、凄く商才のある人なのでは？

私はマルコさんの腰の低さに、前世のサラリーマンのようなものを感じた。

「ふふふ」

思わず笑ってしまうと、マルコさんにじっと見られる。

「リリアンさんとルンバさんにこんなに可愛らしいお子さんがいたとは！　うちの子とも歳が近そうだし仲良くしてください。今は妻と出かけてしまっているので、帰ってきたら挨拶をさせますね！」

「いえ！　私達からご挨拶に伺いますので、そこまで気を使わないでください」

リリアンさんが恐縮して言う。さすがにこっちから挨拶に伺わないと失礼だよね。

同じ歳くらいの子か……なんか複雑……おばさんくさくならないようにしないと……

普段、同じ歳くらいの女の子に会う機会があまりないので少し不安だ。

「旦那様、積もる話もおありでしょうがお客様は旅でお疲れでしょうから、一度部屋にご案内致しましょう」

執事のエドさんが気を使ってくれる。なんかとってもできる人っぽい！

「ああ！　すみません、来てくださったのが嬉しくて、つい！　さぁこちらです、荷物は運ばせるので、なんでもメイド達に申しつけてください！」

メイドさんがゾロゾロ現れると、私達の荷物を持ってくれた。

おー！　リアルメイド！　皆可愛いなぁ～。

私はメイドさんの可愛い服を見て、ホクホクとその姿を目で追った。

「では、ご案内致します」

メイド長のマリアさんが声をかけ、先導して歩き出す。その後について行き、階段を上り左に曲がった。

「こちら、ルンバ様とリリアン様、ミヅキ様のお部屋です」

「えっ！」

思わず声が出てしまい、皆が振り返って私を見た。しまったと口を押さえる。

「ミヅキちゃんは一人で寝る？」

リリアンさんが声をかけてきた。

シルバ達もいるしどうしようかと迷っていると、マリアさんが口を開いた。

「では、お隣の部屋をミヅキ様のお部屋に。沢山あるので気になさらないでください」

「すみません……」

わがままを言って申し訳ないなぁ……。私はしょんぼりと俯いた。

「大丈夫ですよ。従魔達がお部屋に入りきらないでしょうから。こんなに大きな従魔とは知らずにこちらの配慮《はいりょ》が足りませんでした、申し訳ございません」

「い、いえ！　私のわがままを聞いてくれて嬉しいです。シルバ達はとってもいい子なので迷惑はかけないと思います！」

シルバとシンクを撫でると、二人は嬉しそうに私に擦《す》り寄ってくる。

「ふふ、本当にミヅキ様が好きなんですね。これは別の部屋にする訳にはいきませんね」

マリアさんが私達の様子を見て、「納得です」と言いながら微笑んだ。

「寂しくなったらいつでも部屋にくればいいわ」

リリアンさんが頭を撫でながら、笑顔で言葉をかけてくれる。皆優しいなぁ……

「そのお隣がポルクス様とベイカー様のお部屋になります」

「ミヅキ、寂しくなったら俺達の部屋に来てもいいぞ！　なっ、ポルクス」

ポルクスさんも笑って頷いてくれる。

へへっ、ありがたい。でも行くならリリアンさん達の部屋がいいなぁ！

とは、口には出さないけどね……

各自部屋に入って荷物を置くことになり、私もシルバ達と用意された部屋に入った。

「わぁ～！　広ーい！」

綺麗な部屋に興奮して、色々見たり触ったりしてしまう。ベイカーさんの家の部屋より何倍も広い！

「ふふっ」

メイドさんが興奮する私に思わずという感じで笑っている。私はハッとして固まった。

「はしゃいじゃって、すみません……」

謝ると、メイドさんが慌てた様子で口を開く。

「申し訳ございません。ミヅキ様が可愛らしくて、思わず笑ってしまいました」

今度はメイドさんのほうが申し訳なさそうに俯いている。

私は側に近づき、彼女の顔を下から覗き込む。そして、きゅっと両手を握った。突然の私の行動に、メイドさんがびっくりして目を見開く。その姿にふふふっと笑みが零《こぼ》れた。

「これでおあいこですね」

お互いに笑ったし。ウインクをすると、メイドさんはぱちぱちと目を瞬《しばた》いて、やがて嬉しそうに頷いてくれた。

荷物を置いた後、一度サロンルームに集まることになった。これからについて色々と話し合いをするそうだ。

「お嬢ちゃんは遊んでてもいいよ」

マルコさんに言われるが、リリアンさんがちょっと困った顔をした。

まぁ新作のこととか、私も一緒に考えて来たからなぁ……

「私もお手伝いをするので、お話に参加させてください」

リリアンさんの隣にちょこんと座った。

「小さいのにしっかりしてますね、うちの子にも見習わせたいです」

マルコさんが感心している。へへ！　褒められて悪い気はしないね！

早速、マルコさんが話し始める。

「明日、お店を開く場所に案内致しますね。後は必要な食材など一応用意しておきましたが、追加があればご用意しますので仰ってください」

ルンバさん達を見ながらそう言うと、二人はこくりと頷く。

「では、まずはハンバーグの材料ですね。オーク肉とミノタウロス肉、玉ねぎにパン、卵は十分な量を用意しておきました」

大体のハンバーグの材料は用意してあるようだ。

「新メニューの材料で必要なので、キャベツをもう少し追加していただけますか？　あと……もし可能ならさとうを使いたいのですが……」

ルンバさんが申し訳なさそうにマルコさんの表情を窺《うかが》う。

「さとうですか？」

「少し高めなので……できればですが……」

「それで美味しいものができるなら構いません」

マルコさんは快く了承してくれた。ルンバさんはホッと安堵の息をついている。

「材料が届き次第、試食会用の料理を作りますので、とりあえずその分だけでいいです。それでご納得いただけなければ、さとうは諦めますので」

「分かりました！　期待しております。材料はすぐにでもご用意致します！」

ルンバさんの料理を食べられることが嬉しいみたいだ。マルコさんの表情が一気に明るくなる。

これから少し王都を歩いて見て、なにかいい食材があれば買っても問題ないとのこと！　王都を歩けるなんて楽しみだ！

【ミヅキ、そういえば着替えないの？】

【あっ！　すっかり忘れてたー】

シンクがせっかく変装用に買った服を着ないのかと聞いてきた。王都へ出発する前に、服屋のお姉さんに色々と作ってもらったのだ。王都でレオンハルト王子に見つからないようにする為に……

「リリアンさん、行く前にお着替えしてきていいですか？」

私は立ち上がって部屋に戻ろうとする。一緒に手伝ってくれると言って、リリアンさんも席を立った。確かに一人じゃ大変なので、お言葉に甘えて一緒に行って貰うことになった。

「ミヅキちゃん、まだ小さいんだし、私のことはママと思ってくれていいのよ」

「ありがとうございます。でもそれはリリアンさんの本当の赤ちゃんに取っておきたいので」

リリアンさんが母親のように優しく笑う。そんな彼女を見上げて答えると、リリアンさんはちょっと驚いた顔をする。そして、聖母のように柔らかく微笑み、そっとお腹を撫でた。

「ミヅキちゃんになら、この子も許してくれると思うわ」

「えっ⁉」

思いもよらぬ言葉に驚くと、リリアンさんは口元に手を当ててシーッとウインクした。

うそ！　凄い！　それって妊娠してるってことだよね⁉

興奮している私に、リリアンさんが悪戯《いたずら》っぽく笑う。

「まだ皆には内緒よ！」

リリアンさんのお腹に！　新しい生命が！　うーっ、楽しみだ！

嬉しい気持ちのまま部屋に入る。町で作ってもらったエプロンに、カツラと髪飾りを取り出した。

そしてそれら一式を身につけ、リリアンさんの前に立つ。

「やっぱり、いつ見ても可愛いわぁ〜！」

リリアンさんには一度着用してお披露目をしておいたのだ。

こんなに褒められるとなんだか恥ずかしいなぁ……

「さ！　皆にも見せに行きましょ！　ふふっ、ベイカーさんの驚く顔が目に浮かぶわ！　あっ、ミ

せてみる。

リリアンさんに言われて、私は尻尾のベルトを受け取り腰に巻く。そして、お尻を突き出して見せてみる。

「うんっ。パッと見、ミヅキちゃんって分からないわ！　本当に獣人の子みたいよ」

頭を撫でていたリリアンさんの手が、髪飾りに触る。

「でも、やっぱり耳を触っちゃうと分かるわね」

あと髪がやはり違うらしいので、頭をあんまり撫でられないように注意しよう！　なぜかこっちの人達は頭を撫でるのが好きみたいだから……

リリアンさんに連れられ、皆のもとに向かう。リリアンさんが先に部屋に入り、その後ろに隠れるように皆の側まで行く。そして、パッと横に飛んだ。

「じゃーん！」

両手を広げて姿を見せる。だが、予想に反してシーンとしてしまった。

「……」

えっ……外した？　いい歳して恥ずかしい真似をしてしまったか……

ベイカーさんの顔を見ると、口を開けて固まっていた。他の人も同じような反応だ。

ううう、恥ずかしい。穴があったら入りたい。

リリアンさんの後ろに隠れようとすると、

「可愛い……」

メイドさんがボソッと呟いた。

「……ミヅキ？」

ベイカーさんが窺《うかが》うように私の名前を呼ぶ。名前を呼ばれたので、ベイカーさんの側に行き、もう一度くるっと回ってその姿を見せた。

「ベイカーさん、どう？」

「それは……まずくないか……」

やはり可愛くなかったか……あざとすぎたかな？

リリアンさんの反応がよかったから安心してたのに。がっかりして、しゅんと肩を落とす。

「いやいや！　可愛い！　可愛いんだぞ！　ただそれで歩くと目立つぞ……」

そっか……。今更ながら気がついた。

目立っちゃだめだよね、レオンハルト王子に見つかっちゃう。

「その髪飾りだけ外して行けばいいんじゃない？　それをつけるのはお店の中だけにするとか！

獣人じゃなければ目立たないと思うわよ」

リリアンさんがそれならどうかと提案した。

髪飾りの売り込みもしないとだもんね！　やはりどこかではつけたい！

私はリリアンさんの言う通り髪飾りを外していくことにした。

「赤い髪にするだけでもだいぶ雰囲気が変わるな！」

ベイカーさんが間近でよく見ようと近づいてきた。

「シンクとお揃いの色だよ！」

ねー！　とご機嫌でシンクを見遣る。

「さっきの髪飾りも可愛いが、そのカツラだけでも似合ってるぞ」

やっと褒められて私は嬉しくなる。変装の準備もできて、皆で市場に出かけることになったが、シルバは目立つのでお留守番になってしまった。

【シルバごめんね】

【気をつけて行ってこいよ。シンク、ミヅキを頼むぞ】

【分かった！　ミヅキに手を出す奴《やつ》は丸焦げだね！】

シルバとシンクが私を守ると頼もしい会話をしているが……って、ダメダメ！

【シンク、丸焦げは駄目だよ！　手を出す人なんてそんなにいないからね、助けて欲しい時だけお願いね！】

そう言うと、シルバが無言でシンクを連れて部屋の隅に行く。なにやらコソコソしている。

なんだよ～、教えてよ～！

しかし、二人は私は知らなくていいと言って、教えてくれなかった。

マルコさんが馬車で案内しようかと提案してくれたが、丁重にお断りして、皆で歩いて王都を散策することにした。案内役としてメイドさんが一人ついてきてくれることになった。

先程、私を部屋まで案内してくれたメイドさんだ。

「マリーと申します。困ったことや分からないことがあれば、なんなりとお申しつけください」

そう言って、見本のようなお辞儀をする。

なんて言うか……メイドの理想形！　ザ・メイド！　って感じだ。

マリーさんの案内で、皆で市場まで向かう。

「うちの商会がお世話になっていて、今回の話をご提案いただいたロレーヌ侯爵が食事会を開いてくださるそうなので、夜までにはお戻りください」

貴族様と食事か〜、パスだな！　子供だし大丈夫だろ！　それより市場市場〜♪

私の気持ちはもう市場に行っていた。はぐれないようにとベイカーさんが手を繋ごうとする。そんな赤ちゃんじゃあるまいし……

「ベイカーさん！　あっち、あっち！　あっちに行こー！」

ベイカーさんを引っ張りまわす。王都の市場は珍しい商品から、懐かしく感じる食材まで沢山あり目移りしてしまう。

「ルンバさん！　小麦があるよ！　いっぱい買おう！」

「なんだ？　パンでも焼くのか？」

「パンよりいいものを焼きます！　それに小麦から色々作れます！　買うべきです！」

ドヤ顔で言うと、ルンバさんは頷き、大きな袋を一つ買ってくれた。

だけどもう一袋欲しい。なんたって小麦粉は万能だからなぁ。

パンケーキ食べたい！　クレープ食べたい！

じーっと見てたら追加でもう一袋買ってくれた。ルンバさん大好き！

あとは……米は……やっぱりないかな。市場をくまなく探したけど、それっぽいのは見つからなかった。これはコジローさんの故郷に期待しよう！

あとは、あとは、と色々見ながら気になるものを買っていく。

牛乳の分のお金が結構余ったから懐《ふところ》も余裕だ！

海鮮系は、少ないかな……王都とはいえ内陸部に位置してるみたいだから、しょうがないのかな？　魚は川魚系が置いてあるようだが、海で見るような魚はない。

野菜は充実している。ルンバさんが鮮度のよさそうなものを色々買い込んでいた。

市場の後は屋台街に行ってみる。ここではお肉の串焼きがポピュラーで、お店オリジナルのスパイスがウリらしい。

「美味しそうな、匂い～！」

スパイシーな香りが漂い、鼻をピクピクと動かし匂いを嗅《か》ぐ。

「なにか少し食べよっか？」

よっぽど食べたそうな顔をしてたのか、笑いながらリリアンさんが聞いてくる。

やった！　食べたい！　喜んでいると何人か並んでいる屋台が目につく。

「あそこはー？」

指をさすと、皆がいいなと賛成してくれて、ゾロゾロと移動する。

「あれ？」

私は屋台のメニューを見て首を傾げる。

あれって、ホットドッグ？　屋台のメニューがホットドッグにそっくりだ。

ベイカーさんを見ると、同じように驚きこちらを向いた。彼の袖を引っ張り、コソッと聞いてみる。

「ねぇ、あれっていいの？」

ホットドッグと言えば、私達の町のおじさんがレシピを商品登録したと言っていたが……

「ちゃんと、申請して出す分には大丈夫だ」

そうか、売れないわけじゃないんだ。気を取り直してお店に並ぶ。

こっちのホットドッグの味も気になるし食べてみるか！

「はい、いらっしゃい！　今、流行りの細長い肉のパン包みだよー！　一個たったの銅貨五枚！」

屋台の男が声をかけてきた。

え？　高くない？　それに細長い肉のパン包みって……

「これってホットドッグじゃないんですか？」

「いや！　これはうちのオリジナル商品だ！　ホットドッグとは違うぞ！」

おじさんはギクッと顔を強《こわ》ばらせるが、すぐに笑顔になって否定した。

えー？　どう見てもホットドッグだけど……

もしかしたら味が違うのかもしれない。とりあえず買って食べてみることにした。

高いからベイカーさんと半分ずつにする。

「うーん……おっちゃんのホットドッグとはちょっと違うね……」

「そうだな……」

ベイカーさんも思ってた味と違いガックリしてる。

まぁ、つまり美味しくない。この味なら別物として考えていいのかな？

「だけどこれはどう見てもおっちゃんのホットドッグの真似だろ？」

ベイカーさんが納得できなかったのかボソッと言った。

「おいおい！　言いがかりはよしてくれ！　こっちはちゃんとゼブロフ商会に許可を取って販売してるんだぜ！」

屋台の男がベイカーさんの呟きを聞いていて、大声で反論する。

「うちのリングス商会を目の敵《かたき》にしている商会です」

マリーさんがピクッと反応して、刺激しないように小声で説明してくれた。ここであんまり揉《も》めるのはよくない。無視して帰ろうとすると、後ろから声がかかる。

「なにかうちのお店に文句でもあるんですか～？」

振り返ると、ゾロゾロと人を引き連れ、肉をタプタプに揺らしながら男の人がふんぞり返っていた。私はポカーンと口を開けて、その男の人を見つめる。

「あれー？　そちらはリングス商会のメイドさんですよね？　てことは……その方々はリングス商会の関係者ですかぁ～？」

タプタプ男が私達に近づいてきた。

ベイカーさんが男達から遮るように私を後ろに隠し、リリアンさんとルンバさんも警戒しながら近くに寄ってきた。

「こんにちは、ブスター・ゼブロフ様。こちらの皆様はこのたび、ニコル・ロレーヌ侯爵からのお招きで、わがリングス商会でお世話させていただいておりますお客様です」

マリーさんが頭を下げて、わざわざ侯爵の名前を出して説明した。

多分私達になにかすれば侯爵様が黙ってないぞ……と暗にほのめかしているのだろう。

するとタプタプ男こと、ブスターの顔が歪《ゆが》んだ。

「ロレーヌ侯爵だと……」

「はい、ルンバ様達に粗相《そそう》のないように仰せつかっております」

頭を下げたままにしていると、気に食わなそうにブスターが鼻息を荒くした。

「ふん！　俺はうちの商店になにか文句でもあるのかと聞いているだけだ。揉《も》める気などない」

「俺の〝肉のパン包み〟が、どこぞの町で流行ってるホットドッグの真似だとケチつけるんすよ！」

屋台の男がブスターに言う。別にケチなどつけてない、だってまったくの別物だし。

「なに！　この店の商品はここのオリジナルだ！　うちが登録しようとしたら、向こうが一足早く登録してしまって……」

悔しそうにしている姿がわざとらしい。ホットドッグを作った本人が目の前にいるとも知らずに……あれは私の前世の知識だ。自分達で考えたとは思えない。

「それに味が違う！　うちのは数種類のスパイスを使ったどこのものとも違う、人気のオリジナルの味だ」

あの味で？

「スパイス使いすぎで……美味しくない」

私は思わずボソッと呟いた。

「誰だ！」

耳ざとくブスターが反応する。

「お前か？　うちの商品に文句があるのは！」

ベイカーさんを睨みつけて激昂《げきこう》している。

「いや……子供の声だったが……おい！　後ろに誰か隠しているな！　出てこい！」

どうしようかと迷っていると、更に騒いで怒鳴り始める。

「俺はこの王都のゼブロフ商会の会長だぞ！　顔を見せなかったらどうなるか、分かってるんだろうな！」

そうこうしていると人が集まってきて、騒ぎが大きくなってしまった。私は仕方なく横から顔を出した。ベイカーさんが慌てて隠そうとするがもう遅い。バッチリ目が合ってしまった。

「なんだこの子供は……」

ブスターがジロッと、上から下まで私を舐め回すように見つめる。

「まだ小さいお子様ですので……」

マリーさんが前に出て、私を下がらせようとする。しかし、ブスターが手で制した。

「全然似てないな……養子か？」

不躾《ぶしつけ》な視線を浴び、全身に鳥肌が立った。じっとりとした視線が気持ち悪い……

居心地が悪く、ベイカーさんの後ろにペコッと頭を下げて逃げる。

「おい、その子はお前達の子なのか？」

ブスターが、今度はルンバさんとリリアンさんを睨んだ。二人はビクッと一瞬怯《ひる》んだが、ルンバさんがしっかりと目を見て、堂々と答えた。

「はい、私達の大切な子です」

「ふーん……」

ブスターがタプタプの胸の肉を抱えて考え込む。

すると、彼のすぐ後ろにいた男の服がいきなり燃え出した。

「ぎゃぁぁ！」

男は叫び声をあげて地面に倒れ込み、転げ回る。

ようやく火が消えたと思ったら、彼はムクッと起き上がった。服だけ綺麗に燃えて、体は無傷だったようだ。男は自分に起こったことが理解できないで、ぼうっとつっ立っている。

集まってきた人が丸裸の男の人を見て、騒然とする。

「きゃあ！」

女の人の悲鳴に、ゼブロフ商会の人達が慌てて裸の男を布で隠した。その隙にサッとマリーさんが頭を下げて、皆に視線を送り後ろへと促す。

「では、私達は侯爵様に呼ばれておりますので失礼致します」

皆もそれに頷き、頭を下げて来た道をそそくさと戻った。

私はゾワッとする視線を感じて、後ろを振り返る。ブスターのニヤニヤした顔と目が合った。思わずベイカーさんの手を強く握る。

その様子に気がついたベイカーさんが私をサッと抱き上げ、ブスターから隠した。

ベイカーさんの胸の中で思わず震える。

「大丈夫か？」

ベイカーさんが心配そうに顔を覗き込む。

「う、うん……」

声が震える。あのネットリとした視線……二度と見たくない。

【ミヅキ、大丈夫？　あいつ燃やせばよかった？】

シンクの心配そうな声に顔を上げた。

【さっき服燃やしたのシンク？】

【うん！　シルバに怪我をさせないようにする方法教えてもらった！】

来る前に二人でコソコソ話してたのはこのことだったのか……

得意げに胸を張る仕草に思わずクスッと笑う。少し気持ちが落ち着いてきた。

【大丈夫……ちょっと気持ち悪かっただけだから】

安心させるようにニコッと笑いかけた。

まだ視線を感じるが、後ろを振り返る勇気はなかった……

屋敷に戻ってくると、皆がはぁーとため息をついた。

「申し訳ございませんでした」

マリーさんが不快な目に遭わせたことを謝罪する。すると、リリアンさんが慌てて首を横に振った。

「いやいや！　マリーさんのおかげでここまで帰ってこられました！　私達だけだったらどんな言いがかりをつけられていたか……」

ブスターを思い出してしまい、皆が苦々しい顔をする。

「あんなに人の話を聞かない奴《やつ》が商人で大丈夫なのか？　ミヅキも変なところで声出すなよ！」

「だってー」

ベイカーさんに怒られて、私は口を尖《とが》らせ、ぷいっと横を向く。

「あのホットドッグもどき酷かったから……それに姿を見せないと収拾がつかないと思って」

私とベイカーさんが言い合っていると、マリーさんが心配そうに間に入ってきた。

「ゼブロフ商会は最近大きく成長している商会なんです。ちょっと強引なところがあって……特にあのゼブロフ家の方々はクセがありまして……」

そしてなにか言いたげに私を見つめてくる。私は首を傾げて先の言葉を待った。

「噂ですが……小さい女の子を数名引き取り、メイドにしていると言われていて……」

確かに後ろにいた従者にも小さい子が多かった気がする。

「まぁあくまで噂ですが、ミヅキ様は特に可愛らしいので、気をつけてくださいね」

瞬間、あの絡みつくようなブスターの目を思い出し、ぶるっと震える。

私は急いで、被っていた赤いカツラを脱いだのだった。

◆

ブスター様は、先程の女の子の後ろ姿をジィーと見ている……

「おい。あの赤い髪の子供を調べろ」

そして、隣にいる男を見もせずに命令した。

「はい」

男は音もなく一瞬でいなくなった。屋台の男が心配そうにこちらに尋ねてくる。

「ブスターの旦那、どうしますか？　パン包み、このままここで売って大丈夫ですか？」

「しばらく控えてくれ。ロレーヌ侯爵に目をつけられるとまずい！　あの町の屋台の親父も腹立たしい！　何度もこちらから交渉に行ってやってるのに、なかなかうんと返事をしない。あのレシピをうちのものにできれば……」

ブスター様は、忌々《いまいま》しいと拳を握り悔しそうにしている。今にも振り下ろしそうな拳に私達奴隷は身を固くした。

「これ以上言いがかりをつけられるのはよくない。あのレシピを手に入れるまで潜《ひそ》んでいろ。あと、もう少し肉の味を研究しとけ」

　この味はあんまりだと屋台の肉を掴み、地面に投げつけた。

「あの子供……この味に文句を言ってたな。ヒャヒャヒャ、あの幼さで味が分かるなんていいな！　俄然《がぜん》欲しくなった！」

　あの赤毛の女の子――怯《おび》えたような瞳に、白い肌にぷっくらとした桜色の唇。見た目も年齢もブスター様の好みにピッタリとハマっていた。

　ブスター様はあの肌を舐め回すことを想像しているのだろう、唇をベロリと舐めている。

「しかし、孤児というわけじゃありませんよ」

　従者の一人があの強そうな父親と護衛のことを口にする。すると、またブスター様の顔が歪《ゆが》んだ。

「あんな男など金を積めばどうとでもなる！　俺達に楯突《たてつ》いてまで子供を庇《かば》う親なんていないだろ。あいつらの弱み、なんでもいいから調べてこい！　見つけてきた奴《やつ》には褒美をやるぞ！」

　ご機嫌に言うと、「おお！」と従者達から歓声が上がる。

「手に入れたらお前達にも貸し出してやってもいい」

　ニヤニヤとうそぶくブスター様。何人かが同じような下卑《げひ》た笑みを浮かべる。

　私達奴隷はそんなやり取りを静かに見つめていた……

　先程の赤毛の女の子が不憫《ふびん》でしょうがなかったが、奴隷にはなにもできない……

　どうかこいつに捕まらないようにと願うしかなかった。

三　食事会

嫌なことは忘れようとマルコさんの屋敷でのんびり休んでいると、マルコさんの奥さんと娘さんが帰って来たとメイドさんが知らせに来てくれた。

リリアンさんが挨拶に行くと言うので、皆でロビーに向かう。そこではマルコさんが、綺麗な女の人と可愛い女の子と向かい合って談笑していた。

「旦那様」

リリアンさんが来たことに気がついたエドさんが、マルコさんに声をかけた。

「皆さん！　丁度よかった。妻と娘を紹介します」

マルコさんが二人を前に促そうとするのをルンバさんが慌てて止めた。

「いえ、こちらからご挨拶させていただきます。このたび、マルコさんにお世話になっております、ルンバと申します。こちらは妻のリリアンと娘のミヅキです」

えっ！　私も！

一緒に紹介されたので、リリアンさんの横に並び頭を下げた。

「こちらは助手のポルクスと護衛のベイカーです。大勢でお屋敷に泊まらせていただき感謝しております」

ベイカーさん達も後ろで頭を下げた。

「私はマルコ・リングスの妻、ロザンヌ・リングスと申します。こちらは娘のエリザベスです。このたびは、こちらのわがままでお越しいただき大変感謝しております。我が家だと思っておくつろぎください」

ロザンヌ様が、クルッとカールされた綺麗な金色の髪を揺らして優雅に微笑む。

おお！　さすが貴族は品がある！　ロザンヌ様は綺麗なドレスを見事に着こなし、どこから見ても美しかった。私はポーッと見惚れてしまう。

エリザベス様もロザンヌ様に似てとても可愛らしい。マルコさんだけが庶民的でなんか浮いてる。

エリザベス様は恥ずかしがり屋なのか全然目線が上がらない。背格好は私より少し大きいが、歳は近そうだ。

「ミヅキさん、エリザベスと仲良くしてくれると嬉しいです」

ロザンヌ様が私の前に来て、エリザベス様の背中をそっと押す。

「はい！　ロザンヌ様、このたびはお世話になります。エリザベス様、よろしくお願いします」

ニコッと笑顔を向けるが、エリザベス様はチラッとこちらを見てまた下を向いてしまった。

ロザンヌ様がそんな引っ込み思案のエリザベス様の態度にため息をつき、眉毛を下げた。

「エリザベスは本当に人見知りで……友達も全然いなくて……ミヅキさん、この子と友達になってくださると嬉しいわ」

私としても可愛い女の子と是非とも友達になりたい！

この白い肌に映える、ぷくぷくしたうっすらピンク色の頬っぺを、是非ともつんつんしたい！

私は「はい！」と笑顔で頷いた。

挨拶も無事に済んで、部屋に戻る。今度はロレーヌ侯爵の屋敷へ向かう為、準備に取りかかることになった。正直侯爵家での食事会なんて気が重くて、行きたくない。

「えー！　私も行かないと駄目なんですか？」

やはり……どうやら私も行く感じで話が進んでいたようだ。貴族との食事会……行きたくないなぁ。申し訳ないが行きたくない気持ちが顔に出る。

「エリザベス様も行くから、ミヅキちゃんもどうかと思って……ごめんね」

リリアンさんが先走ってしまったことを謝り、眉を下げる。

「調子が悪いって断ったほうがいい？」

そう言われて悩んだ。

エリザベス様はあの後すぐに部屋に戻ってしまい全然顔を合わせてないし、食事会は話すきっかけになるかな？　貴族とかどうでもいいけど、エリザベス様とは仲良くなりたいなぁ〜。

うーんと唸《うな》っていると、トントンとノックする音が部屋に響いた。

リリアンさんが返事をすると、マリーさんが一礼して入ってきた。その手には沢山の服がある。

「皆様にドレスをご用意致しましたので、試着をお願いしてもよろしいでしょうか？」

ドレス!?　それを聞いて気持ちは決まった！　この話はお断りしよう！

「リリアンさん、今夜はやっぱり……」

行きたくないという気持ちを込めて、すまなそうにリリアンさん達を見つめた。彼女は苦笑しながら頷いてくれる。

「マリーさん、すみませんがミヅキは今夜の食事は欠席させていただきます。申し訳ありません。食事には私と主人だけ参ります」

頭を下げると、今度はマリーさんが困った顔をする。

「実は……ミヅキ様にはどうしてもいらしていただくようにロレーヌ侯爵様からおおせつかっておりまして……」

「えっ？　ミヅキにですか？」

リリアンさんが思わず大きな声を出す。

私のことは王都のほうにまでは知られていないはずなのに……

なぜ会ったこともない侯爵様が自分を知っているのか少し不安になる。

「お断りはできませんか？」

再度頼むと、マリーさんは「お待ちください」と言って、小走りで部屋を出ていった。

「なんで……私のことを知ってるんですかね？」

「ミヅキちゃんのことを伝えたのは王都行きが決まってからよ……なんだか嫌な感じね……ちょっとベイカーさん達を呼んでくるわ！」

リリアンさんも私と同じく不審に思ったのだろう。部屋を出ていき、隣の部屋のベイカーさん達を呼びに行った。

皆がリリアンさん達の部屋に集まっていると、ちょうどマルコさんも現れた。

「今夜の食事会に、ミヅキさんが出られないとお聞きしましたが……お加減が悪いのですか？」

私の具合が悪いのかと慌てている。

「い、いえ。ミヅキはマナーも分かりませんし、粗相をしてはと……」

リリアンさんがマルコさんにすまなそうに謝る。

「マナーなどお気になさらずとも大丈夫です。ロレーヌ侯爵は大変お優しい方で、私達のような庶民上がりの者にも差別することなく接してくださる御方ですから」

マルコさんは自信満々に頷く。だけど……なんか嫌な予感がする。

「私……あまり行きたくなくて……貴族の人達と会うのは遠慮したいです」

この際だから本当の気持ちを言ってみる。

「うっ……」

マルコさんは怯《ひる》んで、うーんと悩みながら話した。

「実は、ロレーヌ侯爵がどうしてもミヅキさんに会ってみたいらしく……どうか参加していただけないでしょうか」

マルコさんが頭を下げて懇願する。私は慌てて頭を上げてもらった。

目上の方に頭を下げられるといたたまれない！

「なんで……私のことを知ってるんですか？」

「すみません、そこまでは……でも本当に素晴らしい御方なんです。決してミヅキさんやルンバさん達にとって悪いことにはならないと思います！」

だからお願いします、と今度は床に頭がつきそうなほど下げてきた。

マルコさんにここまでお願いされたら断れない……私は心の中でため息をつき、不承不承に頷くのだった。

◆

「ミヅキ様！　とってもよくお似合いですよ！」

マリーさんが食事会に行く為のドレスを私に着せて、声を弾《はず》ませた。

「マリーさん！　こちらのドレスも試していただきましょう！」

他のメイドさんが次から次へと新しいドレスを持ってくる。ううぅもう、何着目……

私は何度もドレスを着替えさせられていた。ソファーに倒れ込みたいのをグッと耐える。

今倒れたらこの高そうなドレスにシワがついちゃう……そう思うと下手に動けない。

【シルバ〜助けて〜】

シルバに泣きつくが、シルバもメイドさんのギラついた目に近づくのを躊躇《ちゅうちょ》してしまって、大人しく部屋の隅《すみ》に鎮座していた。

【お、おお！　どうすればいいんだ？】

一応助けようとウロウロとメイドさんの周りを動いているが、彼女達はドレスを着せることに夢中でまったく気がつかない。どうしたものかと私のほうを見ている。

【近づくのは……シルバがドレス汚しちゃったら大変だし……吠えたりするのは流石《さすが》にメイドさん達に失礼だし】

【ミヅキ……まぁ頑張れ】

シルバは早々に諦めたようでベッドの上で丸くなった。

【シルバ〜】

羨ましいとシルバを見ていると、

「ミヅキ様はどれがお気に召しましたか？」

マリーさん達が期待を込めて、今まで着たドレスを掲げる。

「あんまりヒラヒラしてない、楽なのがいいです……」

もう早く終わって欲しい。私は力なく答えた。

「えっ！　ミヅキ様ならこれだってお似合いなのに！」

そう言って見せたドレスは、ヒラヒラのフリルとレースがふんだんにあしらわれ、ピンク色の大きなリボンのついた派手なドレスだった。ヒィ！　絶対ヤダ！

ぶんぶんと首が取れそうなほど横に振ると、そうですか……残念ですと下げてくれる。

回避できたとホッとしている横で、「一応キープしといて」と他のメイドさんに言ってるのが耳に入った。聞こえてますよ！　絶対似合わないから！

どうにかそれは諦めさせることに成功する。そして赤いカツラで行くのはさすがに失礼なので、

今回は自毛の黒髪で行くことになった。それに合わせて、白と黒のモノトーンの地味目のドレスを選んだ。そこにシンクに合わせた赤い色のリボンをつけてもらう。

【シルバとシンクとお揃いの色だよ】

私はシルバ達の側に寄り、選んだドレスを見せる。二人とも自分と同じ色があることが嬉しいらしく、手放しに褒めてくれた。

【いい色だ！】

【うん！　素敵なリボンだね】

喜ぶシルバ達の反応に心が浮き立つが、この子達はなにを着ても似合うと言ってくれそうだ。

今度はロビーに集まっている皆のところに向かった。どうやら私が一番時間がかかったようで、すでに皆、用意を終えて集まっていた。

ルンバさんとリリアンさんは、お揃いの紺色のタキシードとドレスに身を包んでいる。シックで素敵だ。

「リリアンさん、綺麗～！」

リリアンさんの側に行き、ドレス姿をしげしげと眺めた。

「ミヅキちゃんこそ、可愛い！」

こちらに気づいたリリアンさんが私を抱きしめようとするが、ハッとして、伸ばした手をグッと押さえて耐えている。そうだね、せっかくセットしたのが着崩れちゃうもんね。

「ミヅキ、似合ってるな」

ルンバさんも私の格好を見て褒めてくれた。へへっと照れていると、

「ミヅキ……」

ベイカーさんが声をかけてきた。振り返ると、ベイカーさんが黒い高そうな服を着こなしている。

「ベイカーさん！　かっこいい！」

いつもと違うベイカーさんに思わず見惚れてしまう。

常に側にいたから慣れちゃったけど……ベイカーさん、やっぱり顔がいいよね！

スラッとした長身に、大人っぽい服がとても似合っていた。

「ミヅキも……ドレス姿似合うな……ぐすっ……皆に見せてやりたいよ」

ベイカーさんが目を潤《うる》ませ、目頭を押さえた。なんか泣いてる？

どうしたのと側に寄ると、なんでもないと誤魔化されてしまった。

「ベイカーさんとお揃いの色だね！」

気にせずに同じ黒い衣装に嬉しくなって笑いかける。ベイカーさんはやっと笑い返してくれた。

笑うと尚のことかっこいい！　だからずっと笑っててね！

それからベイカーさんが手を差し出して、エスコートしてくれた。その手を取って馬車へと向かう。皆で馬車に乗り、いよいよロレーヌ侯爵の屋敷へ。

馬車は二台用意され、前の馬車にマルコさん家族とリリアンさん、ルンバさんが乗り、後ろに続く馬車には私とベイカーさんにポルクスさん、マリーさん、シルバ、シンクが乗り込む。

「凄いね！　シルバが乗れる馬車なんて！」

シルバ達と一緒に馬車に乗れた経験がないので、嬉しくなりはしゃいでしまう。

元々シルバ達はマルコさんの屋敷で待つ予定だったが、彼らが少しでも私の近くにいたいと言ったので、無理を通して馬車に乗せてもらったのだ。

【ミヅキ、ベイカーにしっかり守ってもらえよ！】

シルバがベイカーさんに伝えろと言うので、そのまま伝えた。

「当たり前だ、ちゃんと守る」

ベイカーさんがウインクして親指を立てる。シルバも彼の言葉に安心したようだ。

もう少しで到着しますよとマリーさんに言われて外を見ると、マルコさんの屋敷の倍位の建物が見えた。えっ！　あれ？

想像以上の大きさに驚きマリーさんを見る。彼女はニッコリと頷いた。

マジか……掃除するのに一日以上かかりそう……

門を越えてからもなかなか着かないし、どれだけ広い敷地なんだ。しばらく進みようやく馬車が停まり、マリーさんに促され外に出た。

ベイカーさんが先に出て、外から私の手を取って降ろしてくれる。ポルクスさんも着慣れない服に戸惑いながらも、気を使って、空いている手を引いてくれる。

なんか本当にお姫様みたいだな……なかなか恥ずかしい。

二人に挟まれながら歩いていると、屋敷の前にズラッと執事さんとメイドさんが並んでいた。

同時に頭を下げながら「いらっしゃいませ」と、合唱のように声を合わせる。

流石《さすが》にリリアンさん達もその人数に戸惑っていると、マルコさんが前に出てくれた。

「本日はお招きありがとうございます。お客様のルンバ様御家族をお連れ致しました」

「マルコ・リングス様、本日はようこそいらっしゃいました。ロレーヌ侯爵が首を長くしてお待ちです。どうぞこちらに」

一番年長者の執事さんが、笑顔で挨拶をして、屋敷の中へと案内してくれる。

マルコさん達が先に進み、ルンバさん達、その後に私達もついて行った。

キョロキョロと豪華な屋敷を見回しながら進んでいると、クスクスと後ろから笑い声がする。チラッと振り返ると、メイドさん達と目が合った。

ニコッと笑いかけてみたところ、ピタッと笑い声が止まってしまった……

あれ？　どうしよう……睨んだと思われた？　申し訳なくなって、つい足が遅くなる。

するとベイカーさんが手を引き「離れるなよ」と言う。私はその手をギュッと握り返した。

大きな扉の前に着くと、執事さんが声をかけて扉を開く。

「リングス男爵様達がご到着されました」

中は更に煌《きら》びやかで、どこもかしこも綺麗に磨かれ、高そうな装飾品が飾られている。

ま、眩《まぶ》しい……高そうな絵……

圧倒されていると中央の長いテーブルの上座に男性が、その脇に綺麗な女性、反対側に私よりも少し大きな男の子が座っていた。

「おお！　リングス男爵、待ってたよ！」

一際《ひときわ》目立つ男性が笑顔でマルコさんに歩み寄る。

「ロレーヌ侯爵、このたびはお招きいただきありがとうございます」

マルコさんが頭を下げようとすると、おおらかに笑いかける。

「いい、いい。今日はそういう硬っ苦しいのはなしだ！　皆もマナーなど気にせず楽しんでくれ！」

おお！　イケメンで金持ちで性格もよしなんて素晴らしい！

感心して見ていると、ロレーヌ侯爵と目が合ってしまった。彼はニコッと笑う。目尻のシワが色っぽくて思わず顔が赤くなった。

「ロレーヌ侯爵、こちらが今回お店を出していただけることになった、ドラゴン亭のルンバさんとリリアンさんです」

テンションの高いロレーヌ侯爵に、マルコさんがルンバさん達を紹介する。

「このたびは、お招きいただきありがとうございます」

「いや！　こちらこそ来てくれてありがとう。料理楽しみにしているぞ！」

頭を下げる二人に、ロレーヌ侯爵が明るく声をかけた。

「こちら、お二人の娘のミヅキさんと助手のポルクスさん、護衛のベイカーさんです」

残りの三人も紹介されて頭を下げる。

「よろしく」

ロレーヌ侯爵が柔和に笑った。そして自分と、隣に並ぶ家族を紹介する。

「私はニコル・ロレーヌだ。こちら妻のルイーズ、息子のカイルだ」

ロレーヌ侯爵は濃い茶色の髪のイケメン。笑うと目尻にシワが寄るのがチャームポイント！ルイーズ様は薄い金色の髪で、大声なんて出さなそうな儚《はかな》げな印象。カイル様は二人のいい所取りの、将来が楽しみな男の子だ。歳は……あの王子と同じくらいかな？

自分の中で三人の容姿を分析しているとロレーヌ侯爵が近づいてきた。

「君がミヅキさんだね。知人から話を聞いて今日はどうしても会いたかったんだ。無理を言ってすまなかったね」

そう言って眉毛を下げるが、イケメンはすまなそうな顔をしてもカッコイイんですね！

「いえ。すみません……お聞きしてもよろしいでしょうか？」

私がロレーヌ侯爵を見ると、先を促される。

「私のことを知っている、知人の方とは……？」

少し嫌な予感を覚えながら聞くと、ロレーヌ侯爵は爽やかにウインクする。

「君達の町で会った方だよ！」

やっぱりか……

聞くと、ロレーヌ侯爵はこの国の宰相をしているとのこと。つまり王様の右腕じゃん。王様とは小さい頃からのお知り合いらしく、息子達も顔見知りらしい……それはまずい。

「あの……今回来てることを王様は？」

「国王はご存知だよ。レオンハルト様は知らないと思うがね」

恐る恐る尋ねる私に、彼はにこやかに答えた。面白そうに笑っているが、こっちは楽しくない。

あれ、でも知られてないならセーフ？　アウト？

王様はレオンハルト様に言ってないんだ……私の気持ちを汲《く》んでくれたのかな？

「ミヅキさんがあまり喜ばないと聞いて、一応、こちらからもなるべく話さないようにお願いしておいたよ。その様子だと正解だったみたいだね」

ロレーヌ侯爵さすが宰相！　デキる男！

「カイルにも話さないように言っておいたからね！」

そう言われてカイル様を見ると、無表情で頷いた。彼はレオンハルト様とはよく会うらしい。

ロレーヌ侯爵は表情豊かだけど、カイル様はあんまり顔色が変わらないタイプみたいだな。

私はお礼を言い、これからも内緒にしてもらうようお願いしておいた。一つ心配事が減ってよかった。

「さぁ、立ち話もなんだ、食事にしよう！」

ロレーヌ侯爵がパンパンと手を叩くと、メイドさん達が動き出し、皆を席に案内した。

流石《さすが》は貴族の食事！　豪華で美味しいが、やはりスパイスを使いすぎな気がする。

素材の味を活かすほうが好きな私としては、故郷のご飯が懐かしくなる。ベイカーさん達は気に入ったようで、作法などお構いなしにかき込んでいた。

「明日はルンバさんが試食会を開いてくれるんですよ！」

マルコさんが明日のことについて話すと、ロレーヌ侯爵が興味深そうに身を乗り出す。そして、自分も食べたいと言い出した。ルンバさん達が恐縮する中、さっさと執事を呼んで予定を確認する。

明日の昼頃少しなら顔を出せると言い出した。

あー……絶対来る気だね。目をキラキラ少年みたいに輝かせてる。ルンバさん……頑張ろうね。

食事が終わると大人達はこれからお酒を嗜《たしな》むようで、子供達だけ違う場所に集められた。

「……」

誰も口を開かず、無言が続く。おい！　誰か喋ってよ！

一応一番年下で、身分も下の私から話しかける訳にもいかんだろうに！

チラッと二人を見るが、下を向いており話す気配がしない。超気まずい。

仕方ない、ここは精神年齢一番上の私が……

覚悟を決めて、なるべく明るく声をかける。

「カイル様とエリザベス様は元からお知り合いなんですか？」

二人は私が話し出すと反応して顔を上げた。

「ああ……」

「ええ」

……おい！　もっと喋ってください！

「じゃあ幼なじみになるんですか？」

二人は顔を見合わせて、なんとも言えない表情を浮かべる。

「あんまり話したことないな……」

カイル様が言うとエリザベス様も頷く。

「いつもお二人でいる時はどんなお話をするんですか？」

「……ずっとお茶を飲んでる」

カイル様……えっ？　ずっとこんな感じ……男の子なんだからもっとエスコートしないと駄目でしょ。

「お二人の好きなことを教えてください！」

なんだか自棄《やけ》になってきた私は、立ち上がって食い気味に聞く。

「俺は……剣技が好きだ……」

「私は、アクセサリーやドレスが好きです」

カイル様がボソッと言うのに続いて、エリザベス様も答えた。

おお……両極端だ……そりゃ話が盛り上がらないはずだ。

「カイル様は剣がお好きなんですね！　あそこにいるベイカーさんはA級冒険者なんですよ。剣が得意で、すっごく強いんです！」

そう言ってベイカーさんを指さすと、カイル様は興味を持ったようだ。ベイカーさんを見つめている。

「A級……凄い！　後で話を聞けるかな？」

頬を薄《うっす》ら上気させ、ソワソワし始める。うんうん、やっぱり好きなことだと話も盛り上がるよね！　後で紹介してあげますねと言うと心なしか喜んでいるようだった。

「エリザベス様はおしゃれが好きなんですね！」

今度はエリザベス様に話しかける。エリザベス様が恥ずかしそうに頷いた。

キュン！　可愛い……。恥ずかしそうに頷く姿が可愛らしい。

「エリザベス様！　私、可愛い髪飾りを持ってきたんです！　後でプレゼントさせていただいてよろしいですか？」

私は可愛いエリザベス様に、どうしてもあの猫耳をつけて欲しいと思った。エリザベス様は嬉しそうに頷いてくれた。

「あなたは……レオンハルト様と知り合いなのか？」

おっ！　今度はカイル様から話しかけてくれた！　しかし話題がレオンハルト様とは……

「はい……」

私は感情を消し頷くと、カイル様が驚いた顔をする。

「レオンハルト様の話をして……そんな反応をされるのは初めてだ……」

「カイル様、エリザベス様、私のことはミヅキと呼んでください。そしてレオンハルト様にはくれぐれも、私が王都に来てることは内密にお願いします」

真剣な顔で二人に頼み込む。二人は私の様子に気圧《けお》されたようにコクリと頷いた。

「ミヅキ様は、レオンハルト様が嫌いなの？」

今度はエリザベス様が話しかけてくれる。しかし、様呼びとは……

「エリザベス様、ミヅキと呼び捨てでいいのですよ。私は庶民ですからね」

ニッコリ笑って、話を続ける。

「嫌いではないですよ。ただ、すっごく苦手なだけで……」

そう言うと二人ともびっくりして固まる。

「ミヅキは面白いな」

「ええ、とっても変わってますね」

二人が楽しそうに笑ってくれる。ここに来て初めて二人の笑顔を見た。笑うと二人ともとっても可愛らしい。つい、カイル様も髪飾りが似合いそうだとか、よからぬことを考えてしまう。

「「ミヅキ？」」

二人に呼びかけられ、カイル様のケモ耳姿の妄想から現実に戻る。

「はっ！　すみません……」

慌てていると、二人にクスクスと笑われる。

「ミヅキとお話しするのはとっても楽しいです。私はいつも皆さんになにを喋っているのか、分からないなんて言われてしまって……」

エリザベス様の声がだんだん小さくなり、また下を向いてしまう。

「俺もよくなにを考えているのか分からないと言われる……もとより俺には話しかけてくる友人などいないが……」

これまたカイル様の顔が徐々に無表情になってしまった。

「お二人共普通にお話しできてますよ。エリザベス様はもう少し相手のお顔を見るといいと思います。カイル様は笑顔が素敵なのでもっと笑うといいですよ」

そう声をかけると、二人は驚いたように顔を上げた。

「話す時は相手の顔を見て、笑顔で話す。それだけでだいぶ印象が変わりますよ！　カイル様もエリザベス様も、相手にそうされると嬉しくないですか？」

二人の顔を見て微笑むと、二人は私の笑顔を見てゆっくりと頷く。

「すぐには無理かもしれませんが……少しずつできるといいですね」

二人とも可愛い笑顔を返してくれた。

「それでミヅキはなんでレオンハルト様が苦手なんだ？」

カイル様が不思議そうに聞いてきた。エリザベス様もカイル様に同意するように頷く。

「そうですわ。レオンハルト様をお嫌い……いえ、苦手な女性に会ったことはありません」

「えー！　そんなに人気なんですか？」

逆にびっくりしてしまう。確かに容姿はいいが、中身はかなりワガママなお子様なのに。

「レオンハルト様の周りにはいつも誰かがいて、慕われている……それに俺にも気さくに話しかけてくれる」

えっ？　それって王子だからなんじゃ……。私は怪訝《けげん》な顔をしてしまう。

「気さく……？　人の話を聞かないで一方的に話しかけてるだけでは？　あと慕われるって王子だからチヤホヤされてるだけなんじゃないんですか？」

私の言葉に二人が唖然《あぜん》としてしまった。あっ！　しまった、つい本音が……

「なーんて、ははは」

笑って誤魔化すが二人には通じなかった。カイル様が苦笑する。

「ミヅキは本当にレオンハルト様が苦手なんだな」

「じ、実は私も、レオンハルト様は少し苦手です……私には眩《まぶ》しすぎて……」

「分かる……レオンハルト様は完璧だ。最近は勉学も剣術にも力を入れられている。それに、俺に話しかける人は皆王子のことを聞いてくる……王子の好きなものは……好きなタイプは……と」

エリザベス様が自信なさげに答えると、カイル様が同意するように呟いた。

「ふふ、私はカイル様のほうが断然いいと思います！　周りの女の子達は見る目がないですね。あっ！　これは大人達には秘密ですよ！」

笑いかけるとカイル様が真っ赤になってしまった。ありがとうと恥ずかしそうにしながらも、その顔は嬉しそうだ。

そして、私はエリザベス様の手をそっと握る。彼女は驚いて、目を瞬く。

「エリザベス様もとっても素敵な女の子だと思います。もっと仲良くなりたいです」

しっかりと目を見て気持ちを伝えた。すると、エリザベス様はもじもじと身をよじって、こちらを上目遣いに見上げる。ふっくらとした頬が赤く染まっている。

「ミヅキ……私のことはエリーと呼んで欲しいわ」

照れてる顔がまた可愛いらしい！

「エリザベス様！　いえ、エリー様ありがとうございます」

「様もいりませんわ」

「エリー、ありがとう。私達今日から友達だね！」

私とエリーが手を握りあい喜んでいると……

「俺もカイルでいい」

カイル様が羨ましそうに私達を見ていた。ちょっと拗《す》ねているようだ。

私とエリーは視線を合わせると、思わず声をあげて笑ってしまった。

「カイルも今日から友達だね！」

私は二人の手を取り、ギュッと握りしめて交互に視線を送る。

二人は嬉しそうに頬を赤らめて頷いた。


大人達の話し合いという名の飲み会も、ようやくお開きになった。侯爵に挨拶をしてマルコさんの屋敷に帰ろうという時、侯爵とルイーズ様が、私とエリーを呼び留めた。

「今日は二人ともありがとう。カイルのこんなに楽しそうな顔を久しぶりに見ることができたよ」

とても嬉しそうにしている。その顔は侯爵としてではなく一人の親としての表情に見えた。

「これからもカイルと仲良くしてくださいね」

ルイーズ様も目尻を赤くして微笑んだ。

私とエリーは、「はい！　友達ですから」と声を揃え、笑って答えた。

四　試食会

「おはようございます！　ミヅキ様、今日はお店を見に行くそうですよ！」

マリーさんが朝から元気に挨拶をして、部屋のカーテンを勢いよく開いた。

うぅぅ……眠い……。マリーさん、私より遅く寝たはずなのになんでこんなに元気なんだ……

実は昨夜ロレーヌ侯爵の屋敷から帰ってきてすぐ、エリーが髪飾りを見たいと言うので、私の部屋で女同士でお話をすることになった。

マリーさんが着替えを手伝うと言ってついてきて、三人で髪飾りをつけたり、エプロンを着たりと衣装の見せ合いっこをしていた。

あまりに楽しくて夜遅くまで遊んでしまったのだ。

気がつくとベッドに寝ており、側にはシルバとシンクがいた。

二人の温もりにまたすぐ眠りに落ちたと思ったら……もう朝！

「マリーさん、おはようございます……」

「おはようございますミヅキ様。よく眠れましたか？」

目元を擦りながら挨拶をすると、マリーさんが眩《まぶ》しい笑みを浮かべる。

「はい、マリーさんが昨日、ベッドまで運んでくれたんですか？」

「ええ。エリザベス様もミヅキ様もウトウトし出すと、あっという間に寝てしまいましたよ。お二人が寝てる姿はとっても可愛らしかったです！　しっかりと目に焼きつけてからお二人を丁寧にお運び致しました」

赤くなった頬に手を当てて、うっとりしている。

なんか途中変なこと言った？　まだ寝ぼけてんのかな？

私は頬をパンパンと叩き、目を覚ました。

【ミヅキ、赤くなるぞ】

シルバが赤くなったほっぺを舐めてくれる。

【いや、目を覚まさないと！　マリーさんから変な言葉が聞こえたから】

【多分幻聴じゃないぞ……あのメイド、ずっと気持ち悪いニタニタした笑顔で、鼻息荒くあのエリーってのとミヅキをずっと見てたぞ……】

シルバ……気持ち悪いって……

【そ、そうなんだ……】

気のせいじゃなかった……

「さぁミヅキ様、お着替えをお手伝いしますわ」

マリーさんが目を輝かせて手を擦りながら迫ってきた。

どうにか無事（？）着替えを済ませて、皆が集まるダイニングルームに向かう。

「ミヅキ、おはよう」

「おはよう……」

ベイカーさん達はもう起きていたようだ。私が挨拶を返すとベイカーさんが心配そうに覗き込んでくる。

「なんか朝から疲れてないか？」

だって……マリーさんが……

チラッとマリーさんを窺《うかが》うと、いい仕事したとばかりに清々《すがすが》しい顔をしていた。

「今日はお店に行くから……」

しっかりとエプロンとケモ耳と赤い髪のカツラをつけ、変装着に着替えた。少し窮屈《きゅうくつ》だけどしょうがない……外に行く時はレオンハルト王子に見つからないようにする為にこの格好をしよう。

食事を済ませて、早速お店の場所に皆で向かうことになった。

ルンバさんと新メニューの話をしながら向かっていると、やたらとジロジロ見られることに気づいた。やっぱり獣人はよく思われてないのかな？

「マリーさん、獣人はまだ差別を受けているんですか？」

隣を歩いていたマリーさんにそっと聞いてみた。

「……そうですね……前程は酷くはありませんが、なかなか受け入れられない人もいるようですね。少し前に獣人の奴隷制度の見直しが行われてからは、城下の人達の当たりは柔らかくなってきたと思いますよ。元々差別してない人もいましたしね」

そう教えてくれた。

レオンハルト様とシリウスさん、ユリウスさんが頑張ってる成果なのかな。前よりはよくなったって言ってるし。しかしそうなると、なんでこんなに見られているんだ？

「なんか……凄い見られている気がするんですが、気のせいですかね？」

周りをキョロキョロと確認する。

「それは……その格好のせいだと思いますよ」

マリーさんが私の格好を上から下まで見るとニッコリ笑った。

ああ！　珍しい格好だから皆見てたのか！　ならこの髪飾りが目立ってるってことだ。エリーやマリーさんにも好評だったし売れるかなぁ!?

よく見ると街の人達がコソコソと話してる様子が見えた。

「おい！　あの子って獣人か？　人族か？」

「いや、分からんが可愛らしい子だな……獣人でも人族でもあんなに楽しそうな笑顔を向けられたら笑っちまうよ」

なにを話してるかよく聞こえないが、こちらを見てるのでニコッと微笑み返してみた。

すると話していたおじさん達が、ヘラッと笑って手を振り返してくれる。

「おかーさん！　あの子の服可愛いね！」

今度は、女の子が私を指さして声をあげた。

「あら本当に可愛いわ！　あれ、でも……獣人なのかしら？」

私の髪飾りをみて首を捻《ひね》っている。よしよし！　女の子にも評判よさそうだ！

街の人達は変わった私の格好に戸惑いながらも目を離せずにいるようだ。

その時、前を歩いていたマルコさんが歩みを止めた。

「さぁ、着きました！　ここでお店を開いてもらいます！」

マルコさんが、ドラゴン亭より大きい建物の前に立って、両腕を広げた。

「あんた……」

「……」

リリアンさんが、これから自分達が働く店を見上げて立ち尽くす。隣のルンバさんも口をあんぐりと開けていた。

「凄いっすね……」

ポルクスさんもお店の大きさに気圧《けお》されている。

「わぁー！　綺麗だねー、ルンバさん頑張ろうね！」

私だけが無邪気に喜んでいる。責任とかないから気が楽だ！

ベイカーさんはルンバさんの肩に無言で手を置いた。すると、やっとルンバさんが電源が入ったかのように動き出した。それを合図に皆で中に入る。

内装も私達の町のお店よりも豪華で、絵や装飾品が飾られて広々としている。

ちょっとドラゴン亭の和気あいあいとした雰囲気とは違う感じもするが……

リリアンさん達もそれが気になるようだった。恐る恐る尋ねる。

「マルコさん……とても素敵なお店ですが……ちょっと豪華過ぎませんか？」

「いえ、大丈夫です！　いつものように使っていただいて構いませんよ。客層が貴族も対象なので、ちょっと豪華ですが気にしないでください！」

そう言われるが……こんな高級店だと冒険者は入りづらそうだ。

「ベイカーさんなら入れる？」

私は振り返って、ベイカーさんの顔を見上げた。

「うーん……ちょっと高そうだから躊躇《ちゅうちょ》しちまうかもな……それに、俺ならまだしも下のランクの奴《やつ》らはまず入らんな」

店内を見回して苦笑している。

リリアンさん達も、貴族を相手にすると店の雰囲気が違ってしまうので、ちょっと困ると説明した。確かにドラゴン亭は冒険者達が気軽に、沢山食べられるようなお店だ。

「えっ！　そうですか……もちろん冒険者達にもどんどん入ってきて欲しいのですが……」

マルコさんが考えてしまう。ここまでお店ができてると、今から変えるのも難しいだろう。

ならばと私が提案をした。

「じゃあ、外に看板を立てて、料理の値段を書くのはどうですか？」

「看板……確かに値段が前もって分かれば入りやすいな！」

ベイカーさんも納得した様子で、ポンッと手を叩く。

「あとは席を個室とフロアに分けるとか……」

パーティションで区切った個室は主に貴族向けで、フロアは開放的な雰囲気にし、冒険者が利用しやすいように整えるとかどうだろうか。

「ミヅキさん!!」

その時、マルコさんがいきなり詰め寄ってきた。私はビクッと肩を揺らして固まる。

あれ……出過ぎた真似をしちゃったかな……子供が大人の話に口を出して……と怒っているのかも。

ギュッと目をつむり、怒られるのを覚悟するが……なんの罵倒《ばとう》も飛んでこない。恐る恐る瞼《まぶた》を開けると、マルコさんのキラキラした顔が目に飛び込んできた。

「凄くいいアイデアです！　それならどちらの客層も獲得できますね！　早速店内に仕切りを作って、簡易個室を作ってみましょう！」

マルコさんが従者の人達に指示を出し、店内を早速改装し始めた。

「ルンバさんはキッチンの確認をお願いします！　直して欲しいところなどあればなんでも言ってください！」

忙しいから他は勝手に見てくれとばかりに促される。

「ポルクス、ミヅキ行くぞ」

ルンバさんが私達に声をかけて厨房に移動した。

「うわぁ！　ここも広いっすね！　しかも綺麗だ」

ポルクスさんが嬉しそうにピカピカの新品の棚をさする。ルンバさんも、料理のしやすそうな厨房に顔がニヤニヤしてしまっている。

「ふふふ、美味しい料理沢山作れそうですね！」

私は、新しい調理場を前に嬉しそうな二人に微笑みかけた。

「奥に冷蔵室があって食材が置いてあります。確認してみてください」

いつの間にか後ろにいたマルコさんがニコニコと笑って私達の様子を見ていた。

三人でその食料庫を見に行くと、山のような食材が置いてあった……

「お肉や腐《くさ》りやすいものは別の魔法バッグに入れてあります！　好きなだけお使いください」

「なんか至れり尽くせりで……」

ルンバさんが言葉をなくしている。

「いえ！　こちらの無理なお願いを聞いていただいたのです。私のできる範囲で誠心誠意お応えしたいと思います」

マルコさんが真っすぐルンバさんを見つめた。マルコさんの本気の気持ちが伝わったのかルンバさんも顔を引き締める。

「精一杯やらせていただきます！　早速ここの食材を使って料理を作らせてもらってもいいですか？」

ルンバさんの意気込みにマルコさんが笑顔で「勿論です！」と答え、二人で手を握りあっていた。

「ポルクス！」

「はい！」

ルンバさんの声にポルクスさんが腕まくりをする。二人が料理人の顔になる。

「まずは新メニューからだ！」

ルンバさんが言うとポルクスさんがすぐに必要な食材を取りに行った。

「ミヅキはどうする？」

ルンバさんがガチャガチャと調理に使う道具を用意しながら聞いてきた。私はキョロキョロと周りを確認して、端にあるコンロを指さす。

「あっちで牛乳を使ったデザートを作っててもいいですか？」

火には気をつけろと言われて、了承を得ると、大きな容器に卵を入れてひたすら混ぜる。

そこにさとうを加えて更に混ぜ、ポルクスさんの村で買った牛乳を入れる。

こし器……はないか、ザル……もないね。なら布かな……

置いてある調理器具を確認して、使えそうなものを物色する。

綺麗な粗めの布に、混ぜた液体を流し込んでこしていき、そして小さい器に流し入れる。

鍋の底に皿を引いてお湯を沸かす。皿の上に、先程液体を入れた器を、お湯が入らないよう注意しながら並べた。そして、弱火で蒸す。

しばらくして、部屋の中に甘い匂いが漂ってきた。

蒸している間にルンバさん達の様子を見に行くと、順調にひき肉でハンバーグのたねを作っていた。ポルクスさんが大きな鍋でキャベツを丸々一個茹《ゆ》でている。側に寄り、コソッと言う。

「ポルクスさん、ある程度クタッとしたら剥《は》いでいって大丈夫です」

「ああ！　了解、ところでいい匂いがするな」

私が作っている料理が気になるようで、蒸している鍋を覗き込もうとしている。

「ふふ……ポルクスさんの村の牛乳を使ったデザートですよ！」

ポルクスさんは、自分の村の特産品を使った料理と聞いて破顔した。やっぱり自分の村のものが使われるのは嬉しいんだね。

私は蒸していた鍋の火を止めると、試食は後ですることにして、ルンバさん達の料理を手伝うことにした。

キャベツが茹《ゆ》だると、皿に取り冷ましておく。ひき肉で作ったたねを巻くのは冷めてからなので、違う料理に取り掛かった。

「ポルクス、次は芋を茹《ゆ》でろ。ミヅキはアレを！」

ルンバさんがテキパキと指示を出す。こちらを見て、ニヤッと笑う。

私も笑顔で答えると、収納魔法で鍋を出した。

「はい、ルンバさん！」

私は液体の入った鍋を渡した。

「じゃあ私はパン粉を作るね！」

パンを持ってきて風魔法で粉々にしていく。あっという間にパン粉の出来上がりだ。

「芋、茹《ゆ》で上がりました！」

「熱いうちに急いで皮を剥《む》いて潰してください！」

芋の量が多いので、私もポルクスさんを手伝う。ポルクスさんが皮を剥《む》いたものを容器に入れ、私がすりこぎ棒で潰す。

「ルンバさん、疲れた〜交代！」

動かし続けて腕が怠《だる》くなってきた。私はぶらぶらと腕を振って、ルンバさんと交代した。

ルンバさんは棒を受け取ると力強くガツガツと豪快に潰す。そこにすかさず塩、コショウ。よく混ぜて粗熱を取り、丸めて円形に形を整えておく。

「ルンバさん油はどう？」

「おお！　いい具合にあったまってきたぞ！」

さっきルンバさんに渡したのは油の鍋。それを火にかけて温めておいたのだ。

「じゃあ一気に揚げちゃいましょう！　ポルクスさんは、キャベツのほうを頼みます！」

卵をとき、小麦粉とパン粉を別々の容器に入れて準備する。

「順番につけていきますよ！　まずは小麦粉、その次に卵、最後にパン粉！」

味つけをして、潰して成形した芋に衣をつけていく。

「はい！　ルンバさん、これを油にそおっと入れてください」

次々に衣をつけては隣の皿に置き、ルンバさんがそれを油に投入して揚げていく。

「色がキツネ色に変わったらあげてくださいね！」

「ああ！」

ルンバさんがじっくりと火が通る様子を見極めている。こっちは大丈夫そうかな！

「ポルクスさん、どうですか？」

キャベツの千切りを頼んでおいたポルクスさんの様子を見に行くと、流石《さすが》料理人！　見事に細い千切りができていた。

あとは肉のたねを、キャベツで包む作業だ。早速私とポルクスさんで包んでいく。チラッとポルクスさんの手元を見ると、綺麗な見本のように形ができている。

「凄く綺麗！　ポルクスさんやっぱり器用だね」

そのままでも美味しそうな見た目を思いっきり褒めると、ポルクスさんが嬉しそうに頬を赤くする。

「あとは形を崩さないように煮込まないとね！」

私は空の鍋に綺麗に包んだものを詰めていく。そこにお野菜で取った出汁《だし》を入れてもらった。蓋《ふた》をして具材に火を通して、塩、コショウで味つけ！　よし、ロールキャベツの出来上がりっ。

「ルンバさん、お味見よろしくです！」

お皿に少し取って味の確認をしてもらう。

「うん、美味い！　ポルクス、お前も飲んでみろ！」

ルンバさんがポルクスにもすすめる。私はポルクスさんの分もよそってあげた。

「ああ、美味しい！　肉からもいい出汁《だし》が出てますね！　……よし、新メニューはひと通りできましたね。じゃあ試食会しちゃいますか？」

できたての料理を眺めて、ポルクスさんが明るく声を弾ませる。

「ロレーヌ侯爵をお呼びしないと。試食できなかったら文句を言いそうだ」

ああ、そっか。来るって言ってたな……ロレーヌ侯爵が来るならカイルも来られるのかな？

余分に作ってあるから、人数が少し増えても大丈夫だろう。

「よし、ロレーヌ侯爵が来る前に盛りつけしておこう！」

試食の為に作った料理を盛りつけていると、外が騒がしくなってきた。

どうやらマルコさんが気を利かせて呼んで来てくれたようで、ロレーヌ侯爵が到着した。

「いらっしゃったようですね！　お迎えに行って参ります。ルンバさん達は料理を出す準備をお願いします」

マルコさんがひょっこり厨房に顔を出し、出迎えをすると言って、外に行ってしまった。

「ついでにお客様が来た設定で迎えるのはどうですか？」

私はせっかくなら練習をしてみないかと提案する。皆はそれはいいと言って、配置につく。

リリアンさんと私が給仕を務め、ルンバさんとポルクスさんが料理担当だ。

カラン……と扉についた鈴が音を立てる。扉がゆっくりと開くとリリアンさんと声を揃えた。

「『いらっしゃいませ、ドラゴン亭にようこそ！』」

マルコさんが一番に入ってくると、びっくりしている。

しかし、すぐに意図を汲《く》み取ってくれたようで頬を綻《ほころ》ばせた。

「どうやら、お客様として食事ができるようですよ」

そう言って、後ろに続く二人に笑いかけた。

顔を上げてお客様の二人を見上げる。そこにあった顔に、逆にこちらが驚かされた。

「えっ！　なんで⁉」

思わずびっくりして大声をあげてしまう。

そこにはロレーヌ侯爵とこの国の国王、ギルバート様が楽しそうに立っていた。

聞いてない……思わぬ大物登場に頬が引きつる。

リリアンさん達は誰が来たのか分からないようだ。ロレーヌ侯爵の知人の貴族だと思っているのか、笑顔を絶やさず二人を促す。

「こちらにどうぞ」

リリアンさんが早速二人を席まで案内する。

リリアンさんばかりにやらせてはいけないと、私も気持ちを切り替え対応することにした。

まぁ来ていることはバレてるんだ、堂々としてよう！

「本日はようこそいらっしゃいました。御注文はなにになさいますか？」

ニッコリ笑顔で二人に笑いかけた。

「今日はまた可愛らしい格好をしているな」

二人が面白そうに、上から下までじっと衣装を見ている。

イケオジに見つめられて落ち着かない。思わず頬を染めてしまった。

「今日は君のおすすめを貰おうかな！」

「かしこまりました」

ペコリと頭を下げて戻り、配膳の用意をする。すでに用意しておいてくれたルンバさん達から料理を受け取った。

「こちらロールキャベツです」

リリアンさんがスープに浸ったロールキャベツのお皿を運び、二人の前にそっと置いた。

二人は用意されたナイフとフォークで綺麗に切り分け口に運ぶと、一口食べて目を輝かせた。

「葉の中にハンバーグが入っているぞ。煮込まれていて凄く柔らかいなぁ！」

「このスープも野菜と肉の味が出てて美味いぞ！」

ロールキャベツはどうやら好印象のようだ。料理を食べる進み具合を見ながら、次の料理の準備をする。ロールキャベツが食べ終わるのを確認して、さぁ次だ！

「お待たせ致しました！　こちらコロッケです！」

私はトマトで作ったソースの上に、まん丸いコロッケが載ったお皿を二人の前に置く。

二人はさっきと同様にナイフとフォークで食べる。

「これは……どう調理してるんだ？」

二人とも食べたことのないサクサクとした食感と味に戸惑っているものの、手が止まらない。全部綺麗に食べると満足したのか顔を上げた。

さぁ！　ルンバさん出番だよ！

ルンバさんを見ると、厨房から出て来て料理の説明をする。

「こちらは油で揚げております」

「『揚げる？』」

「はい、オークの脂身部分を焦がさないように煮詰めていき、液体と固体に分けていきます。それを根気よく繰り返し、布でこして、冷まして置いたものを今度は高温で温めます」

ルンバさんが説明していると、ポルクスさんが鍋を持ってきて油を見せた。

「こちらがその溶けた油です。高温にして食材を入れ、火を通すことを『揚げる』と言います。コロッケは芋を潰して味つけし、小麦粉、卵、パン粉で周りを包み揚げました」

「うむ……確認してみよう。もう一つ貰えるか？」

ギルバート王が聞くと、ロレーヌ侯爵が私も欲しいと皿を出す。私は、コロッケをもう一皿ずつ持ってきた。二人はコロッケを割り、じっくりと断面を見ている。

「なるほど、本当に芋だな。潰すだけでこんなに食べやすくなるのだな……」

普段からよく食べる芋を使った料理だけに、尚更感心しているようだ。

「形も綺麗だな！　このサクッとした食感もいい。目新しい料理は貴族連中が喜びそうだ」

「これは色んな形にできるんですよ！」

私は庶民用のコロッケを持ってくる。俵《たわら》型の定番のコロッケだ。

「庶民用と貴族用とで盛りつけを変えてみました」

先程出した品よく盛られた皿と、庶民用のお皿にキャベツの千切りを添えて、どかっと載せただけのコロッケを見比べる。

「庶民用は、こうやって食べるんです！」

私は手づかみでコロッケを掴むとサクッといい音を立てて頬張った。

揚げたてのコロッケ……うまぁーい！

ホクホクで芋にしっかりと味がついていて、油も上手くできたようだ！　全然しつこくない！

ウマウマと全部食べきると、ギルバート王とロレーヌ侯爵は物欲しそうな目でこちらを見ている。

二人がもっと欲しいと言うので、リリアンさんが持ってくると、手づかみで食べ始めた。

「なるほど！　こっちのほうが本来の味を楽しめるな！」

「これなら歩きながらでも食べられそうだ！　屋台メニューにも向いてるんじゃないか？」

二人はあっという間に三個目のコロッケを平らげる。……さっきロールキャベツもコロッケも一通り食べたよね？

もう一つと言われるが、他の人の分がなくなっちゃうので次の料理を提供することにした。

「次はデザートですよ！」

深めの器とスプーンを持ってくる。

「これは？」

中を覗き込んで、黄色い物体を見ながら不安そうに聞いてきた。

「これはプリンと言います！　スプーンですくって食べてみてください」

二人は頷いて、言われた通りにスプーンですくい、恐る恐る口に運んだ。食べた瞬間、その頬が綻《ほころ》ぶ。

「滑らかで口当たりがいいな、甘くて美味い！」

「これは女性や子供が好きそうだな。おい、いくつか持って帰っていいか？」

ギルバート王がルンバさんに聞くと、彼は困ったようにこちらを見た。

お土産《みやげ》にして、奥様達に渡すのかも……まぁ簡単に作れるからいいか。私が頷くのを確認して、リリアンさんが微笑んだ。

「いくつかご用意しておきますね。お帰りの際にお持ちください」

「頼む、いやぁ想像以上に美味いな……流石《さすが》ハンバーグを考案したドラゴン亭の料理だな！」

二人に褒められ、ルンバさんが微妙な顔をしてこちらを見た。私は知らんぷりをする。

私が教えたとしても作ったのはルンバさんだから！

そう思っていると、ルンバさんのため息が聞こえた。そして料理を堪能した二人に頭を下げた。

「ありがとうございます。お二人に褒めていただき、料理人一同励みになります」

よしよし！　一同は気になったが、それでいいと笑顔で頷く。

これでルンバさんが作ったってことで、私への質問や面倒事はシャットアウトだ！

ロレーヌ侯爵とギルバート王はまだ色々と聞きたそうだったが、もうお時間ですと言われて従者達にせかされている。コロッケとプリンのお土産《みやげ》を多めに持たせてあげた。

「王様！　レオンハルト王子には、くれぐれも内緒にしておいてくださいね！」

お土産《みやげ》をチラつかせながら言うと、ギルバート王がニヤニヤと笑う。

「えー！　会ってやらないのか？　いつもミヅキのことを話しているぞ」

カップルをからかう小学生か！

「なら、これはなしです。王様にはなにも渡しません」

ぷいっと横を向き、お土産《みやげ》を隠すと周りがザワついた。

あっ！　しまった不敬すぎたかな？

恐る恐るギルバート王を見ると、本人は気にした様子はなく、むしろとっても楽しそうな顔をして、従者達を制していた。

「調子に乗り過ぎました。申し訳ありません……」

やはりちょっとよくなかった。しょぼんと肩を下とし、小さい声で謝る。

「アハハ！　さっきの勢いはどうした。お前はまだ子供なんだ、態度なんぞ気にするな！　レオンを見ろ？　あんなに元気いっぱいだぞ、俺は先程のお前のほうが好きだな」

頭に手を置き、優しく撫でてくれる。背の高いギルバート王を上目遣いで見上げ、首を傾げた。

……いいのかな？

彼は、そんな私に笑いながら頷いてくれた。

やっぱり息子よりパパのほうがいいわ……寛容なおじ様は素敵です。

「ありがとうございます」

頬を染めニッコリ笑って、お礼を言った。

◆

店を出ると、無事にお土産《みやげ》を貰いニコニコ顔の国王に従者が話しかける。

「先程の者の態度はいかがなものでしょう」

表情は変わらないが怒っているようだ。

自分達の仕える主である国王への態度が気に食わなかったらしい。

「あの者はあれでいいんだ」

しかし国王の態度は変わらない。従者は食い下がる。

「他の者達に示しがつきません。厳重に処分すべきです！」

「ならん。あの子がもしこの国を嫌になり出ていったりしたら……国にとって酷い損失だ……」

先程の笑みが消え、国王は真剣な顔をした。従者達がその変化に驚く。

「あの子の周りにはこの国を滅ぼしかねない強者が集まっている……あの子に手を出すことは、この私が許可しない」

「……仰せのままに……」

従者達に厳しい顔を向ける。それはあの子どもを国が守るということになる。

国王の威厳ある態度に、従者達は胸に手を当て、忠誠の礼を取った。

「それに……あの可愛い顔を曇らせたくないしな！　あんな娘が欲しいなぁ～」

先程までの鋭い表情から一変し、国王は相好《そうごう》を崩して、柔らかい空気を纏う。上目遣いに照れている顔はとても可愛らしかったとご満悦だ。

「これは本当にレオンに頑張ってもらわないとなぁ。しかし……俺が話したことがばれると嫌われそうだしな」

国王はうーんと悩みながら、お土産《みやげ》を抱きしめ帰って行った。

◆

さぁ！　面倒臭い客が帰ったところで私達も試食会だ！

マルコさんを座らせて料理を並べる。

「マリーさん達も座って食べてください」

マルコさんの従者さん達や、マリーさんをはじめとするメイドさんを椅子へと促す。

「いえ、私達はメイドです。旦那様達と同じテーブルで食べる訳にはいきません」

そう言って断られてしまう。

「えー！　ご飯は皆で食べるのが美味しいのに。温かいうちにマリーさん達にも食べて欲しかったなぁ～」

ほっぺを膨らましてむくれていると、マルコさんが笑った。

「ここは屋敷じゃないから、マリー達も座りなさい。皆で一緒に食べようじゃないか！」

私の気持ちを汲《く》んでくれる。しかし、マリーさん達は躊躇《ちゅうちょ》している。

「じゃあ、マリーさん達はこっちのテーブルに座ってください！　しっかりと感想もお願いしますね！」

私はマリーさん達を、冒険者達が座るのを想定して整えた席に連れて行った。それならと皆も納得して座ってくれた。

ロールキャベツ、コロッケを一人一皿ずつ並べていく。

皆に行き届いたことを確認すると、ルンバさんに合図を送る。そして、彼が口を開いた。

「じゃあ試食会を始めます。後で感想、改善して欲しいことなどがあったら、なんでも言ってください。それではどうぞ」

「いただこう」

マルコさんがまず最初に食べた。それを見て他の者も続いていく。

「うーん！　ハンバーグも美味しかったが、このロールキャベツもいいですね！」

マルコさんがホカホカのロールキャベツにかぶりつく。ドラゴン亭に来たことのあるマルコさんはハンバーグの味も知っているようだ。

「マリーさん達はどうですか？」

今度はマリーさん達のテーブルに行って、味の感想を聞こうと皆の顔を覗き込む。

「美味しいです！　こんなに柔らかいお肉になるとは……あんな短時間でできるんですか？」

調理工程を見ていたのだろう、そんなことを尋ねてくる。

「王都のハンバーグも食べましたが……やはり少し違いますね！　大変美味しいです」

他の人達も口々に美味しいと言って、喜んでくれる。すると今度は、コロッケを食べた従者が、これはやばいと大声で騒ぎ出した。

「これって本当に芋なんですか？　俺は芋はパサパサしててあんまり好きじゃありませんが……こ

れならいくらでも食べられそうです」

興奮気味でリリアンさんに話している。

「手に持って食べるのも親しみやすくていいな！　これが食べられるなら、毎日通いたいよ」

「でも、これだけ美味しいと……やっぱり高いんじゃ……」

さっきまで明るかった顔が、値段のことを考えて曇《くも》ってしまった。

「ルンバさんこのコロッケとロールキャベツは、おいくらぐらいで提供するんですか？」

マルコさんが皆の声を代表して心配そうに聞いてきた。

「ロールキャベツはハンバーグと同じ値段にしようと思っています。材料もほぼ一緒ですから。あと、コロッケは油を作るのに手間がかかりますが、材料費は芋とパン、卵に油だけなのでそれほどかかりません。油は処分されるオークの脂身を譲ってもらい使っていますので、コロッケ一つで銅貨二枚ってところですかね」

ルンバさんが腕を組んで考えながら値段を言った。

一瞬シーンとその場が静まり返る。それを破るようにマルコさんが立ち上がった。

「安すぎます！　ルンバさんこの味に銅貨二枚なんて暴動がおきますよ！　コロッケを求めてお店に人が殺到してしまいます！」

マルコさんにグイグイと迫られ、ルンバさんは顔を引きつらせながら壁に追い込まれた。

「これは……銅貨四枚いや、五枚でもいいと思います！　なぁ皆！」

マルコさんの値段設定に周りの従者達も力強く頷く。でも……高くないかなぁ？

高めの値段にはあまり納得いかない。コロッケは本来安くて、手軽に食べられるイメージだったから……

「それだと、庶民の人達は買えますか？」

心配になり、いつの間にか隣にいたマリーさんに聞いてみた。

「少し高いですが、たまの贅沢だと思えば買えますすね」

マリーさんが言うと周りも納得するように頷く。

うーん、コロッケって贅沢品てイメージじゃないんだよな……

「なら貴族と庶民で値段を変えても大丈夫ですか？」

値段設定が納得できず、思わずマルコさんに提案してしまった。

「と、言うと？」

「貴族様のほうはコロッケをもう少し食べやすく小さめに変えて、中身の肉を少し足して、三個お皿に盛ります。あとはつけるソースを工夫して……それで値段は銅貨五枚！」

どうだ！　と手をパーにする。

「庶民の方は一人一日五個までで、皿にドカ盛りにしてソースはなし！　それで一枚銅貨二枚！」

と、今度はピースをした。おお！　と従者さん達から拍手と歓声があがる。

「確かにそれなら、庶民にも手が届きやすい。数量に制限があれば、そればかり注文されることもありませんね！」

「貴族用の高級なコロッケもいいですね！　庶民もたまに贅沢したければ、そっちを頼めばいいいんですから！」

「では、コロッケは肉の量で値段を変えて、数量制限をつけるということで！」

マルコさんがまとめると皆納得したのか拍手が起きた。

「後はデザートですよ！」

するとタイミングよく、ポルクスさんがデザートのプリンを持ってくる。

「はい、どうぞ～」

一人ずつ目の前にプリンを置いていく。

マルコさんがまずは一口。

ポルクスさんと二人でその様子をじっと見ていると、後ろでルンバさんのクスッという笑い声がした。

マルコさんがプリンを口に入れて、目を閉じ味わっている。次の瞬間、カッ！　と急に目を見開いた。ガタンッと豪快に椅子を倒して立ち上がる。

その様子に周りの人達は静まり、マルコさんの言葉を待っている。

マルコさんがルンバさんを睨みつけて、足音を立てて近づいて行った。

ルンバさんが立ち上がり待ち構えていると、バッと手を握られる。

「素晴らしい！　あなたは本当に凄い人だ！　私は今回の交渉をして本当によかったと改めて思いました！　美味しい料理をありがとうございます」

凄い勢いで喋り出し、手をぶんぶんと振り回している。すんごい感動してるっぽい……

隣のポルクスさんを見ると、同じようにポカンとした顔をしていた。目が合うと、私はぷっと吹き出した。ポルクスさんもクックックと笑っている。

「よかったね！」

ポルクスさんに小さな声で話しかけると、

「ああ！」

と、とても嬉しそうにマルコさんとルンバさんを見ていた。

プリンの作り方は簡単なので、牛乳の扱いに慣れているポルクスさんが担当することになった。

プリンに大変感動してくれたマルコさんは、これは絶対に売れると豪語し、さとうを買いしめなければと、従者と一緒に店を飛び出して行った。

なんか本当に面白い人だな……。そう思いながら見送っていたら、急に戻ってきた。

「すみませんが、今日の試食メニューを妻達にも食べさせたいので、いくつか屋敷に運んでくれますか？」

これだけ伝えると、また風のように去って行った。

「ルンバさん……マルコさん本当に頭髪に問題あるの？」

なんだか、悩みとかあんまりなさそうだけど。

「いや……あの時はそう感じたんだけどなぁ……？」

ルンバさんはおかしいなぁと考え込む。

やっぱり王都で成り上がった人は違うね！　まぁマルコさんのことは好きだから結果オーライだ

けど！

試食会は無事に終わり、メニューの最終確認と値段の調整をして、二日後にお店を開くことになった。初日はどうなるか分からないので、マルコさんの屋敷の料理人達も手伝いに入ってくれることになった。明日、明後日と二日かけて調理の指導と役割り分担を決めるそうだ。

料理人だから、それで厨房のほうは問題ないだろう。

配膳はリリアンさんと私、それにマリーさんをはじめとするメイドの人達が手伝ってくれるそうだ。本物のメイドさんなら配膳は本職だし心配なさそう。それよりも自分が一番素人なのでは……？と逆に心配になる。

なるべく庶民のほうの担当にしてもらおう。

王都の数週間限定ドラゴン亭、いよいよ二日後オープンだ！

◆

「ユリウス、こちらはギルバート王からレオンハルト王子へのお土産《みやげ》だそうですよ」

宰相のロレーヌ侯爵がニコニコと笑いながら声をかけてこられた。

私はすぐに手を胸に当て頭を下げる。

「ハハ、君は真面目だな」

すると頭の上でロレーヌ侯爵が軽やかに笑う。王宮での人望も地位もある方ながら、こうして獣人の私にも普通に接してくれる数少ない人物だ。獣人の奴隷制度見直しも後押ししてくれた。

「レオンハルト王子の近侍になったんだから、もう少し堂々としていてもいいんじゃないか？」

「いえ、誤解を招きますので」

とても嬉しい言葉だが、まだ周りの目は厳しい。誰に見られているかも分からないのだ。

「面《おもて》を上げてくれ」

そう言われて、ようやく顔を上げた。

「ほら、これだ」

そう言って、おもむろに籠《かご》を渡された。

「君達の分もあるから後で食べてみてください。これ、すっごい可愛い子が作ったらしいですよ！」

ニヤッと笑うと、「では」と言って、質問する暇もなく去って行った。

籠《かご》を持ったまま頭を下げ、レオンハルト様のもとへ向かう。

トントンと扉をノックして声をかけると、中からメイドが扉を開けた。部屋に入ると、レオンハルト様が机に向かって勉強をしている。その横には弟のシリウスが護衛の為、立っていた。

レオンハルト様はミヅキと出会ってからというもの人が変わった。もちろんいいほうに、だ。

今までは獣人の私達をなんとも思っていなかったが、ミヅキに言われて自分から獣人達の歴史を勉強し、獣人の奴隷解放を訴え、その制度を変えてくれたのだ。

目標は過去の戦争で発生した奴隷達の解放。その為に日々頑張っている。

「レオンハルト様、ギルバート王からのお土産《みやげ》を預かって参りましたよ」

レオンハルト様に籠《かご》を見せると、ゆっくりと疲れた顔を上げた。

「少し休憩にしましょう。これをレオンハルト様にお出ししてください」

籠《かご》をメイドに渡す。メイドは受け取ると隣の部屋に持っていった。

「なにを持ってきたんだ？」

レオンハルト様が凝《こ》り固まった体を伸ばしながら、聞いてくる。

「ロレーヌ侯爵が、お持ちくださいました。可愛い子が作ったとおっしゃっておりましたよ」

「可愛い子？」

私の言葉に、レオンハルト様が怪訝《けげん》な顔をする。

するとメイドが皿を運んできた。レオンハルト様のテーブルに置き、頭を下げて部屋を出ていく。

「なんだ？　これは？」

レオンハルト様は見たこともない料理に、手を出せずにいる。

「ユリウス、シリウスこれがなんだか分かるか？」

私も見たことがない。お皿の上には、トゲトゲした茶色で楕円形の物体が置いてある。しかし匂いは悪くない。

「私が毒味致しましょう。ロレーヌ侯爵が変なものを持ってくるとは考えられませんが、一応……」

私がそう言うと、レオンハルト様も頷く。

「いえ、俺が毒味します」

するとシリウスが名乗りでる。茶色の物体をフォークで切り分けると、中から薄い黄色いものが現れた。シリウスがクンクンと匂いを嗅《か》ぐ。

私も一応嗅《か》がせてもらう。特に変な匂いはしない。どちらかと言えば、美味しそうな匂いである。

シリウスがパクッと口に入れて、もぐもぐと口を動かす。しばらくしてピタリと止まった。

やはり毒だったのか⁉

「シリウス！」

私はシリウスに駆け寄った。まさかロレーヌ侯爵からの贈り物に毒が仕込まれるなんて思いもしていなかった。シリウスの体を掴むと、背中をさする。

「シリウス、吐き出せ！」

「美味い……」

「は？　今美味いと言ったのか？」

シリウスはコクコクと頷く。紛らわしい！　私は思わずシリウスの頭を叩いた。

「すまん、あまりの美味しさにびっくりして固まってしまった」

シリウスが謝罪する。

「そんなに美味いのか？」

レオンハルト様が眉を顰《ひそ》めながら、恐る恐る口に運ぶ。そして、ゆっくりと噛み締める。

「美味い！」

いきなりそう叫ぶと、バクバクと残りに手を伸ばし一気に平らげてしまった。

「こちらの毒味はどう致しましょうか？」

シリウスがもう一品、籠《かご》に入っている容器を見た。

レオンハルト様は少々悩んだものの、首を横に振る。

「これが美味いんだ！　こっちも期待できる。毒味は必要ない！」

そう言って、容器を手に取る。

「おい！　これどうやって食べるんだ？」

容器の中身を飲み物のように流し込もうとしたが、落ちてこないようだ。私はメイドを呼びスプーンを用意させた。レオンハルト様は今度こそとスプーンを容器にさし込む。

その様子を見て、私も同じように食べてみる。滑らかで甘い物体が喉をするんと流れていった。

「……美味い」

レオンハルト様は目を丸くして、ゆっくりと味わっている。確かに優しい甘さが口に広がり、美味だった。綺麗に食べ終え、空になった容器を名残惜《なごりお》しそうに見つめる。

「これはどこで買った土産《みやげ》なんだ？」

レオンハルト様が質問するが、それは聞いていなかった。

「申し訳ありません。それはお聞きしておりません」

「また食いたい。調べて買ってきてくれ！」

「了解致しました」

やはりそうなるだろうと思っていた。私は頷きチラッとシリウスを見る。すると彼は頷いて部屋を出ていった。私の気持ちを瞬時に悟ったのだろう。さすが自慢の弟だ。

◆

俺は部屋を出て、ロレーヌ侯爵を探した。

先程ユリウスはロレーヌ侯爵が持ってきたと言っていた。彼に聞いてみなければ。

宰相の部屋に行き扉をノックする。従者が出てきて他の大臣達と話し中だと言うので、終わるまで待たせてもらうことにして、外の廊下の端で立っていた。

しばらくして大臣達が外に出てきた。そして待っていた俺を見つける。……嫌な予感がする。

「おい！　獣人がこんなところでなにをしている⁉」

案の定一人の大臣が詰め寄ってきた。俺はすかさず胸に手を当て、頭を下げる。

「ロレーヌ侯爵にお目通りしたく、待たせていただいております」

「ふん、お前みたいな獣人がロレーヌ侯爵と話そうなど百年早いわ！　帰れ！」

大声を出してそう騒ぐ。従者がオロオロするが俺は慣れたものだ。じっと相手が収まるのを待っていると、騒ぎを聞きつけたロレーヌ侯爵が部屋から出てきた。

「なにかありましたか？」

揉《も》めている俺と大臣を見る。

「いえ！　こいつが宰相に用があるなどと言うので、帰るように注意しておきました」

大臣が得意げに言うと、ロレーヌ侯爵が顔を顰《しか》めた。

俺はなにも言わず黙っている。

「ビストン大臣、彼はレオンハルト王子の近衛兵ですよ。こいつなどと呼ぶのはどうかと思いますが」

ロレーヌ侯爵が困った表情を浮かべると、大臣は慌て出した。俺に指を指して訴える。

「しかし、こいつは獣人ですぞ！」

「レオンハルト王子が獣人の奴隷制度の見直しをし、彼らを奴隷から近侍と近衛にしたのはご存知ですよね？　彼らを蔑《ないがし》ろにすることは、王子の決定に歯向かうのと同じですよ」

淡々と説明すると、大臣はようやく口を噤《つぐ》んだ。しかし、納得していないのだろう、顔は不機嫌そうに歪《ゆが》んでいる。

「それでは、皆さんもお忙しいでしょう。早く仕事に戻ってください」

ロレーヌ侯爵は傍観していた他の大臣達を早々に追いやる。彼らは渋々、自分達の仕事に戻って行った。ビストン大臣だけは、俺をひと睨みしてわざと肩にぶつかる。

「調子に乗るなよ……この獣が！」

ボソッと呟き去っていった。

「悪かったね」

ロレーヌ侯爵が近づいてきて、申し訳なさそうに謝った。俺は頭を下げたまま首を横に振る。

「いえ、いつものことですので大丈夫です」

「それで、なんの用かな？」

「先程いただいた、お土産《みやげ》のことをお伺いに参りました。レオンハルト様がたいそう気に入られてまた食したいとおっしゃられたので、どこで購入できるのかお教え願えますでしょうか？」

頭を下げたまま、本題を切り出す。

「えっと君はシリウスだったよね？　その服は近衛兵だから」

ロレーヌ侯爵が首を捻《ひね》りながら俺の姿を見つめる。質問の意味が分からず首を傾げる。

「はい。シリウスですが……なにか？」

「やっぱり君達双子だから似てるね！　同じ服なら見分けがつかないや！」

そう言って、苦笑いをする。

「さっきはユリウスと会ったからこんがらがってしまったよ」

どうやら胸に手を当てて頭を下げる角度も向きも酷似していたので、一瞬ユリウスかと思ったようだ。やはり俺達の見分けがつくのは、ミヅキとレオンハルト様くらいなのかなと心の中でクスッと笑う。

「さっきのお土産《みやげ》なんだけど、まだお店には出てない商品なんだよね。今度オープンするんだけど、今日は特別に試食会があって貰ってきたんだ。あれ美味しかっただろう？」

コクッと頷き返事をすると、彼は満足そうに笑う。

「お店が開いたらまた知らせてあげるよ。それまでレオンハルト様を抑えておいてくれ」

頼むぞと言い残して、部屋に戻ってしまった。

そうか……まだ開店していないなら購入は難しい。レオンハルト様のわがままが出ないといいけど……。俺はため息をつきながらレオンハルト様のもとに戻った。

五　王都ドラゴン亭開店

「はぁ、まったくこの王都の城門の行列は本当にうんざりする」

王都へ向かう道中、俺が護衛している商人がたまたま立ち寄った村で牛乳を買い、ようやくここまで辿り着いた。商人は散々待たされイライラを隠しきれないようで、足をトントンと踏み鳴らしている。

「いつになったら王都に入れるんですかねぇ」

前列の様子を覗き込んでわざとらしく声を出す。さっきからこの調子で、護衛の冒険者仲間も嫌気がさしているのか、ムスッとしていた。

ブツブツ言いながら待っていると、ようやく順番が回ってきた。

「次ー!」

そう言われて馬車を進め、通行証を差し出す。門番が書類に目を通しながら質問をした。

「王都にはなにをしに来たんだ?」

「今回は、人を捜しに……」

「へー!?」

商人は人当たりのいい爽やかな笑顔を向ける。すると、門番が興味を持ったのか食いついた。

「どんな奴《やつ》だい？」

商人はその質問を待っていたかのように笑う。

「一人は奴隷で、一人は幼い女の子なんですけどね。まぁ見つかったらラッキーって感じで……」

笑って話している。その姿が依頼主ながら胸糞《むなくそ》悪い。

「女の子？」

一人の門番が反応した。

なんか知ってそうだな……さすが王都に入る人達を一番見てる奴等《やつら》だ。

「黒髪の可愛い子なんですけどね」

「あー！　二、三日前に来た子かな？」

隣の仲間の門番に話を振って確認する。

「あの可愛い子か！　なんかでっかい従魔を連れてた冒険者といたよな⁉」

「そうそう！　その子です！」

いきなり情報が手に入り、商人は先程の苛立ちが嘘のようにご機嫌になった。

「どこかに行くとか言ってましたか？」

怪しまれないように、商人用の笑顔で聞いている。

「なんかお店を開くって言ってたけど、どこか分からなくて全然会えないんだよなぁ～」

門番は残念そうに肩を落としている。

「街のほうで店を出すって聞いたが……細かいことは知らねーな」

「そうですか……」

思いのほか大したことのない情報しか得られず、商人は残念そうに眉尻を下げる。内心役に立たない奴《やつ》らばかりだとでも思っているのだろう。

商人はお礼を言うと、通行証を受け取り王都の門をくぐった。


「じゃあ、俺達はギルドに戻るよ」

俺は報酬《ほうしゅう》を貰いに、仲間と冒険者ギルドに行くため商人に声をかけた。これでようやくこの腹黒い商人ともお別れだ。俺は清々《せいせい》した気持ちで商人に背を向ける。

「あっ！　ちょっと待ってください。仕事って直接頼めます？」

しかし、商人が俺を呼び止め、仕事を持ちかけてきた。

「ギルドを通さずにか？」

思わず怪訝《けげん》な顔をする。そういう依頼には碌《ろく》なことがないからだ。

「もちろん、報酬《ほうしゅう》は弾みますよ！　どうでしょうか？」

俺達の顔をニヤニヤと覗き込む……どうせ受けると思っているのだろう。答えを出し渋っていると、更にいやらしい笑みを浮かべて続ける。

「あの子の情報をすこーし集めるだけの仕事ですよ。そうですねー報酬《ほうしゅう》は、銀貨三枚でどうですか？」

「銀貨三枚？　割に合わねーよ！」

まぁまぁの値段だが、俺は渋面を作って言い返した。

「なにか勘違いしてませんか？　お一人につき銀貨三枚ですよ」

俺達は顔を見合わせた。

「て、ことは全部で銀貨六枚か……どうする？　ライアン、俺は受けてもいいぜ！」

仲間は乗り気のようだが、俺は「うーん」と考え込む。

あのミヅキって子は、コジローとの新人講習会で恥をかかされた……。これを機に弱みを握っておくのも悪くないかな？

「よし、分かった。で、あのミヅキって子の情報を集めりゃいいんだよな」

「ええ、ここにはなんの目的で来ているのか？　誰と一緒なのか？　どこにいるのか？　関わっている人の情報は最低限お願いしますね」

それくらいはできますよね？　と最後につけ加えて笑った。

本当にいちいち癪《しゃく》に障る奴《やつ》だ。俺はイラッとしながらも頷く。

「あとは、もっと価値のある情報を持ってきていただければ特別報酬《ほうしゅう》も考えますので、よろしくお願いしますね！」

その言葉に仲間が「おお！」と雄叫《おたけ》びをあげ、俄然《がぜん》やる気を見せた。

「とりあえず、期限は三日間でお願いします。働き次第ではその後もお願いすると思いますので……」

三日後にまたここで会うことを約束し、商人と俺達は一度別れた。

商人が見えなくなると仲間が騒ぎ出した。

「やったな！　いい臨時収入になりそうだぜ！」

「あまり浮かれるなバス！　まずはギルドに報告だ。護衛の報酬《ほうしゅう》を貰ってそこで情報を集めるぞ」

俺はギルドに向かってズカズカと歩き出した。まったくもって気に食わない。こんな馬鹿と組まなきゃならないなんて。

コジローをようやくパーティから追い出したはいいが、コジローが居なくなったことでパーティ内の雰囲気が悪くなり結局解散することになった。

それに比べてずっと一人だったあいつは、あのミヅキって子が町に来てから楽しそうにしてやがる。周りに人が増えて、この間は違うパーティのメンバーに誘われていた。

俺が入れてくれと頼んだ時は、無理だと断ったパーティだった。

ようやく組めたこいつはなにも考えてない馬鹿だし……

いや大丈夫！　俺はB級冒険者まで上り詰めたんだ！　ここで金を貯めてまたのし上がる。その為にあの胡散臭《うさんくさ》い商人に利用されてる振りをしてやるんだ。

まだ俺は落ちちゃいない。そうだ！　これからだ！

だからあの子にも犠牲《ぎせい》になってもらおう。今まで、この俺の為に尽くして死んでいってくれた仲間達のように……

この俺の為になるんだ、皆だって喜んでやっていた！

ハハハッと笑うとギルドに急いだ。あの子に関わると碌《ろく》なことにならないと思っていたが、ようやく運が回ってきた！　そうだ今までは上手くいっていたんだ、これからも上手くいく。

そう自分に言い聞かせるものの、腹の底では不安が渦巻《うずま》いている。

俺はそれを振り切るように、歩みを進めるのだった。

◆

さあ！　いよいよ王都ドラゴン亭の開店だ！

朝早くから私達はお店に行き準備を始めていた。

「ハンバーグのたねは作れるうちに作っといてくれ！　できたらすぐに収納しろよ！　収納空間がいっぱいの奴《やつ》はこっちに声掛けてくれ！」

ルンバさんの大声が店内に響く。

「「「はい！」」」

「予定通り、俺と料理長のダージルさんが焼きと揚げ担当だ！　副料理長のキッシュさんはロールキャベツ担当。残りはスープと、盛りつけと、助手に回ってくれ！　じゃあ皆よろしく頼む！」

ルンバさんが皆に頭を下げた。

「ああ、あとポルクス！　お前はデザート担当だ。ミヅキ、たまにポルクスの手伝いに入ってくれ！」

「「はい！」」

「よし。じゃあ王都のドラゴン亭！　開店だー！」

「「「「おー！」」」」

『メニュー』

ハンバーグ　銅貨七枚

ロールキャベツ　銅貨七枚

牛乳シチュー　銅貨五枚

コロッケ一枚（お一人様五枚まで）　銅貨二枚

王都ハンバーグ　銀貨一枚

王都ロールキャベツ　銀貨一枚

王都コロッケ　銅貨五枚

プリン　銀貨一枚

私は大きな看板にメニュー表を貼りつけて、店内へと戻る。早速お客さんが来店した。

「「「いらっしゃいませ」」」

扉を開けると、美女、綺麗なメイドさん、可愛い獣人（？）の女の子が笑顔で迎える王都ドラゴン亭の開店だ！

「こちらへどうぞ」

胸の大きなリリアンさんに案内されて、鼻を伸ばしながら最初の男性客が席に着く。

「外に書いてある、ハンバーグが欲しいんだけど」

「はい、ハンバーグですね。他はよろしいですか？」

「じゃあ……コロッケも……」

美女に笑顔を向けられて、お客さんは鼻の下を伸ばしながら追加注文をする。リリアンさんはにこりと微笑んで対応し、そのまま厨房に下がっていった。

ぐるりと周りを見る。仕事のできるメイドさん達が、次々にお客さんを案内してほぼ席が埋まっていた。早速入った注文に厨房ではルンバさん達が腕をまくり、忙しそうに動いて、顔を赤くしながら料理を作っている。

「料理上がったぞ、よろしくー！」

早速料理ができたようで、ルンバさんの声が店内に響く。すかさずマリーさんが返事をして料理を受け取りにいった。

注文した料理が来ると、冒険者らしいお客さんが凄い勢いでかき込んでいた。その食べっぷりに思わず微笑む。周りのお客さん達はその様子を見てゴクリと唾を呑み込み、自分達の料理が来るのをそわそわして待っている。

どんどん料理が出来上がり、いい匂いが店内を埋めつくしていた。その匂いが更に食欲を増進させて次々と注文が入る。

「お待たせ致しました」

私も負けじと料理を運ぶ！　手が小さいので沢山は運べないが、少しでも手伝わないと！

「先にコロッケになります！　熱いので気をつけてくださいね」

ニコッと営業スマイルを浮かべ、ペコッと頭を下げて下がっていく。

真っ赤な髪に獣の耳が目立って人目を引いていた。獣人か？　とお客さん達が呟く声が聞こえる。

やはり獣人の格好は珍しいのか、皆が興味深そうに見ていた。

「ミヅキ〜！　ご指名だよー！」

「はーい！」

リリアンさんから声がかかった。私は返事をして注文を受けに席に向かう。

しかし、いつからご指名制度ができたんだ？

やっぱり珍しい格好だから皆興味があるんだなぁ〜。

「ご注文ですか？」

席に行くと男性のお客さん達が、コロッケを前にニコニコとこちらを見ている。

私がニコッと笑い返すと、鼻の下が伸びた。

どうもこの人達は獣人が好きみたいだ！　まぁ私も好きだから気持ちは分かるけど。

「忙しいところごめんね、この料理だけどどうやって食べるのかな？」

どうやらコロッケの食べ方が分からないらしい。

「ああ！　これはそのまま手掴みで食べてください。パクッと豪快に！」

「なるほど」

冒険者のお客さん達がおもむろにコロッケに手を伸ばすと大きな口で豪快にかぶりつく！

サクッ！　っというコロッケの食感に驚きながら無言で貪っていた。

「……っ！　美味い！　なんだこれは？」

思わずという感じでもう一口食べる。

「周りがサクサクして中はホクホクで食べ応えもある！」

「確か……表の看板に、コロッケ一枚銅貨二枚と書いてあったよね？」

私に確認するので、こくりと頷く。

「この美味しさで銅貨二枚か……ハンバーグが銅貨七枚、うーんもう一枚買うべきか？」

私のことはそっちのけで、ブツブツと自分のお財布と相談している。

「ミヅキちゃん！　プリンお願いできる？」

またリリアンさんから配膳を頼まれた。

「はい、プリンですね！　了解です」

ニコッと笑い、くるっと回って厨房に向かう。カツラの赤い髪がサラッと揺れてエプロンと衣装がフワッと揺れると周りからため息のような声が漏れた。

ポルクスさんからプリンを受け取り、注文したお客さんのテーブルに向かった。

「プリンです。甘くて美味しいですよ」

お客さんが嬉しそうにお礼を言って受け取ってくれる。

作った料理を幸せそうに食べてくれるのを見るのは、本当に嬉しい！

頬を緩めて、「ごゆっくり」と感謝の思いを込めて挨拶を返した。その後もなぜか私に料理を運んで欲しいというお客さんが多くて、休む暇もなく接客を続ける。

「お待たせしました、ハンバーグです」

小さい体なのでハンバーグのお皿を運ぶのも一苦労だ！　転ばないようにゆっくりと運んで、テーブルに置くとお客さんが拍手をしてくれた。

「ありがとう」

そして運んだお客さんからは、もれなく笑顔とお礼を貰えた。

お返しに笑いかけると顔をじっと見られて目が合った。

「ここのハンバーグ凄く楽しみだったんだ！」

どこかで噂でも聞いたのだろうか。ルンバさんの料理がそんなに有名になっていたことに驚くが、それよりも嬉しさが勝る。

「ルンバさんが作るハンバーグはとーっても美味しいんです！　あとは新メニューのロールキャベツも美味しいんですよ」

ロールキャベツの味を思い出し、思わず自分のほっぺを押さえて、目を閉じてうっとりしてしまった。

「よかったら、次は食べてみてくださいね！」

目を開けてそう言うと、お客さんが驚いた表情を浮かべている。

しまった……接客中なのを忘れてしまった。

「可愛い……」

「え？」

なんか可愛いとか聞こえた？　気のせいかな？

「あっ！　ごめんね、凄い癒されるなぁ～って思って。また来るね！」

お客さんはニコニコと笑ってまた来ると言ってくれた！　きっと料理が美味しかったんだと思いお皿を見るが、まだハンバーグには手をつけていない。見た目と匂いだけで、次も来ると言ってくれたんだな！

お客さんはハンバーグを口に運ぶと、その美味しさに目を丸くした。そして、次はロールキャベツを食べてみたい！　と、再び『次も来る宣言』をしていた。

「ミヅキちゃ～ん。またご指名だよー」

「はーい」

リリアンさんの声に周りを見ると、貴族のお客様のほうをそっと指さしてウインクしている。指さした方向を見ると、知った顔が目に入った！

「あっ！　エリーにカイル！」

貴族側のテーブル席にロザンヌ様とエリー、ルイーズ様とカイルが座っていてこちらに手を振っている。私は早足で駆け寄った！

「いらっしゃいませ。ルイーズ様、ロザンヌ様！」

皆が来てくれて嬉しくて、思わず笑みがこぼれる。

「ミヅキ……髪が……耳が……」

カイルが私の姿に目を白黒させていた。

「カイルは見たことなかったね！　この格好はあの人に見つからないようにする為の変装なの！これは獣人の耳を真似した髪飾りだよ！　エリーも同じの持ってるんだよね！」

私がエリーを見て微笑むと、

「ええ！　お母様、私もつけていいですか？」

エリーが窺《うかが》うように上目遣いで頼む。ロザンヌ様が苦笑しながら頷いてくれた。

「どう？　カイル！」

エリーがバッグに忍ばせていた髪飾りをつけた。私と横に並んでカイルにお披露目すると、爽やかに笑う。

「凄いね、髪と合わせると本当に耳みたいに見えるよ。二人共凄く似合っていて可愛いよ」
カ、カイル？　爽やか〜、本物の王子様みたいだ！
「カイル……笑顔が！」

エリーやロザンヌ様がカイルの自然な笑顔に驚いている。

「だって、ミヅキがもっと笑えって言っただろ？　なんか無理しなくなったら自然と笑えるようになった」

キラキラと輝くような王子様スマイルを見せる。ま、眩《まぶ》しい……

「ミヅキちゃんとエリザベスちゃんのおかげでカイルがとっても明るくなったの。二人共、本当にありがとう」

ルイーズ様が私達にお礼を言うと、カイルが恥ずかしがっていた。年相応の男の子のような反応に微笑ましくなる。よかったね、カイル！

「さぁ、ミヅキちゃんはお仕事中よ！　注文をしないと！」

ロザンヌ様がメニューを見て微笑んだ。

「ミヅキちゃん、この前お土産《みやげ》にもらったお菓子はあるの？」

皆が期待のこもった眼差しを一斉にこちらに向ける。

「ふふ、プリンですね！　かしこまりました。少々お待ちください」

私はポルクスさんのところにプリンを取りに向かった。

「お待たせしました！　プリンになります。ごゆっくりお召し上がりください」

皆の前にプリンとスプーンを並べる。

「これよこれ！　すっごい美味しかったの。あーまた食べられるわ！」

ルイーズ様とロザンヌ様がキャッキャッと女の子のようにはしゃいでいる。やはり甘いものは女の人に人気だね！

「お土産《みやげ》でもらって本当に衝撃だったわ！　またいくつか持って帰れるかしら？」

「ちょっと聞いてきますね」と言い残し、私は席を離れてルンバさんのもとに向かった。

「ルンバさん！　プリンのお持ち帰りってできますか？」

「持ち帰り？」

ルンバさんが顔を上げずに、ハンバーグを焼きながら聞き返す。

「うん、ルイーズ様達がプリンを家に持って帰って食べたいみたいだよ！」

「プリンはまだ残ってるのか？」

ルンバさんは在庫が気になるようだ。

「牛乳はまだあるし、さとうもマルコさんが沢山用意してくれたから、ポルクスさんが頑張ればまだまだ沢山作れるよ！」

　ここは料理人の意地を見せてもらおう！

「よし。なら一人五個までにしとこう。後は様子を見ながらだな！」

「リョーカイです！」

私は敬礼をして、ポルクスさんのもとに向かった。

「ポルクスさーん！　プリンじゃんじゃん蒸してください！　お持ち帰りも提供することにしたから！」

早く早くと煽《あお》ると、ポルクスさんは喜んだ後に泣きそうな顔になる。

「嬉しいけど、ミヅキも手伝ってくれよ～！」

ちょっと一人では大変だったかな？

私は苦笑すると、「ちょっと待っててね」と声をかけて店の外に向かった。

「ベイカーさーん！」

外では護衛のベイカーさんが暇そうに立っていた。来て来てと手招きする。ベイカーさんはなんだ？　と首を傾げながら近づいてくる。

腕を引っ張って、店内に引きずり込み、ポルクスさんのもとに連れていった。

「はい、ポルクスさん助手連れてきたよ！」

ベイカーさんをポルクスさんに献上する。

「ありがたい！　ベイカーさん、手をよく洗ったら卵を十個割ってくれ！」

ポルクスさんはベイカーさんのことを見もせずに早速指示を飛ばす。

「ベイカーさん、頑張ってね！」

私はいきなり連れてこられて呆然とするベイカーさんにウインクをして、お店に戻った。

「おい！」

ベイカーさんが呼んでるけど無視無視！　今は猫の手も借りたいくらい忙しいんだから！

ロザンヌ様達に「お持ち帰り分を用意しておきます」と声をかけて席を離れようとする。

「ちょっと」

その時、手を上げて私を呼んでいる人がいたので、急いで向かう。注文を伺うと、怪訝《けげん》な顔を向けられた。

「さっき声が聞こえたのだけれど、こちらにもプリンを持ち帰り用を頼めるかしら？」

上品なお母様と女の子の、二人連れのお客様だった。

「勿論です。お一人様五個までですが、お幾つご用意致しましょうか？」

なら五個欲しいと言われたので、用意をする為下がろうとする。すると、また呼び止められた。

「あなたじゃなくてちゃんとした人にお願いできる？」

おまけに汚らわしいから近づくなと手でシッシッと払われてしまう。

いきなりそんなことをされたのでびっくりするが、収納空間から髪飾りを出して説明した。

「これは髪飾りなんですよ。頭につけるだけで、獣人に大変身できるんです！」

女の子のほうは、興味津々で髪飾りを見ている。

「あなたわざわざ獣人の格好をしているの？」

母親は形のいい眉を顰《ひそ》めて、信じられないと驚いている。

「私は獣人が大好きなんです」

そう言いニッコリと笑うと、気分を害したと言って席を立ち上がる女性。嫌がる子供の腕を引いて帰ろうとする。

「お持ち帰りのプリンはいいんですか？」

せっかくプリンを注文したのに……もったいない。

「わざわざ獣人の格好をして接客する店にはもういたくないわ！　あなたが用意したと思うと寒気がする！　もう二度と来ないから！」

女性がヒステリックに叫ぶが、子供はプリンを食べたそうに見つめている。

「お母様……もうこれ食べられないの？」

悲しそうに聞く子供を窘《たしな》め、女性は出口に向かう。

「あの方は子爵のリプトン様よね……」

ルイーズ様が騒いで帰って行った貴族を見ながらそう言うと、ロザンヌ様が頷き同意する。

「お可哀想に。もうここのデザートを食べられないなんて……。私のほうからも主人によく言っておくから、ミヅキちゃんは気にせずプリンを沢山作ってね」

唖然《あぜん》としていた私に優しい笑顔を向けてくれる。まぁこんなこともあるよね。

気にしてませんから、と笑って仕事に戻った。

その後は嫌味なことを言われることはなく、他の貴族の方達から次々とお土産《みやげ》用のプリンを注文される。ポルクスさん、ベイカーさん……頑張って！

事前に用意していた沢山の食材が全てなくなり、夕方頃にはお店を閉めることになった。

外にはお店に入れなかった人達が沢山いたらしい。皆に行き届かずに申し訳ないことをしてしまった。明日はもっと材料を用意しておかないといけないということで、マルコさんが従者達と早速食材集めに向かっていた。あの人タフだよね……

すっごい疲れたが、気持ちのいい疲れだ！　開店一日目は大成功で幕を閉じることができた。

◆

まったく、なんなのかしら！

私は娘の手を引きながら従者を連れ、不快な接客をするドラゴン亭という店から屋敷へ戻った。

先程の店は、料理はとても珍しく味もよかったが店員がなっていない、獣人のしかも子供が接客をしていて不愉快だと思っていたら、獣人が好きで真似をしていると言う。

なんて馬鹿なことをしているんだと呆れてしまった。

「お母様……もうあのお店のお料理食べられないの？」

私の可愛い娘が悲しそうな顔をする。

「大丈夫よ、お父様に頼んで料理だけ運んでもらえばいいわ！　あの子供には料理に触れさせないように言っておけばいいでしょう。あっ！　それよりもあの店を買い取ろうかしら？　私ならもっと豪華にして、あんな店員は全てクビで一流の人達を雇うわ」

いい考えを思いつき笑みがこぼれる。早速主人が帰ってきたら提案してみましょう。

「よかった！　あのプリンという食べ物とっても美味しかったもの、また早く食べたいです」

娘はまたプリンを食べられると喜んでいた。

確かにあれは本当に美味しかった……思い出すとあの時受け取らなかったお土産《みやげ》が惜しくなる。

いや、あの子供が用意するのだと思うと、やはり受け取らなくてよかった。それに店を買い取れば好きなだけ食べられるのだ、なんの問題もない。

「すぐに頼んでおくから大丈夫よ」

話をしていると自分も食べたくなり、すぐにでも主人に頼もうと決めた。

その夜。早速主人にその話をして、料理を頼んだ。

主人は話半分に聞いていたが了承し、明日聞いておくと約束してくれた。明日が楽しみだわ……

その日のお昼早々、主人が帰ってきたと思うと、もの凄い形相《ぎょうそう》で詰め寄ってる。

「お前はなんてことをしたんだ!!」

主人が顔を真っ赤にして怒鳴りながら部屋に入って来て、落ち着きなく歩き回る。

「あ、あなた、一体どうしたのよ?」

なにに怒っているのか分からず、宥《なだ》めようとそばに寄って手を差し出す。

瞬間、頬に刺すような痛みがはしり、衝撃で倒れた。えっ? なにが起きたの……

なにが起きたのか理解できないが、頬がジンジンと痛む。

主人はまだ怒りが収まらずにこちらを睨みつけている。

「お前、あの店でなにをしたんだ!」

大きい声で怒鳴られて身を縮めた。

「な、なにもしてません。た、ただ……獣人の格好をしてるこ、子供がいたから、不快だと言ったくらいで……」

あの時のことを思い出しながらしどろもどろに説明した。

「あの子はロレーヌ侯爵が面倒を見ている子だと知ってるか？」

「ロレーヌ侯爵？」

あの宰相の？　そんなの知らないと首を横に振る。

「お前が騒いだ場にロレーヌ侯爵夫人のルイーズ様がいたんだぞ！」

確かに貴族の人が沢山いたのは知っていたが、あんな店に侯爵夫人のルイーズ様が？

「しかもお前が馬鹿にしたその髪飾りを、ロレーヌ侯爵のご子息のカイル様が褒めたんだ！」

どういうことか分かるかと更に責める。あまりの剣幕に半ばパニックになりながら縋りつこうとすると、バッと手を払われた。

「お前は公然の場でロレーヌ侯爵を否定したんだ！　ルイーズ様は大層お怒りで、もううちとは交流したくないとおっしゃっているそうだ！」

「えっ？」

なんでこんなことに……主人は更に声を荒らげるが頭に入ってこない。

「それを聞いていた他の貴族の方々も、うちとはもう関わりたくないと次々に離れていってしまった……もううちはおしまいだ……」

ガクッと膝をつき頭を抱えて座り込んだ主人を見て、私は自分のしでかしたことに愕然とした。

「ごめんなさい、ごめんなさい」

「謝る相手が違うだろ……それにきっともう遅い……」

主人は力なく答えると、床に頭を擦りつける私を立たせた。

二人で身なりを整えるとドラゴン亭に向かう。許して貰えるか分からないがあの子に謝りに行くことにした。

扉の前で足を止める。これであの子が怒っていたら、もう王都にはいられないだろう……家族で首をくくるか、どこか田舎に行くしかない。覚悟を決めて店の扉に手をかけた。

「いらっしゃいませー！」

そこには笑顔で迎えてくれる、赤毛のあの子がいた。

六　ゼブロフ商会

「おい！　一体どういうことだ！」

朝から気分が悪くて、声を荒らげてものにあたった。

「なんで、うちの店に客が全然来ないんだ！」

ゼブロフ商会のハンバーグ店は昨日から閑古鳥《かんこどり》が鳴いていた。

「ブスター様、リングス商会の店に全部客を取られちまいました」

料理人が帽子を床に叩きつけ悔しそうにする。

「初めて見る料理とデザートが大人気で外まで行列ができているそうです」

従者達がその様子を偵察に行き、恐る恐る説明した。

「あと……あの赤髪の獣人の女の子もそこで働いているようですよ」

赤毛の女の子と聞いて驚く。あれから大した情報もなく捜していた子だ。

「あの子の情報は他にはないのか？」

「それが……あの子供の後をつけようとすると……」

従者が真っ青な顔をして言葉を濁し、やがて黙り込む。

「すると、どうなんだ！」

なかなか答えようとしないので怒鳴りつけると、従者はようやくその口を開いた。

「服が燃えます……」

「は？」

思ってもいなかった答えが返ってきて、ポカーンとしてしまった。

「前に服が燃えた奴《やつ》がいましたよね。あいつと同じように服だけ燃えるんです……」

従者はチラッと俺の顔色を窺《うかが》っている。

「ははは、なんだそれ？　じゃあなんだ、あの炎はあの子供がやっているとでも言うのか？」

「いえ……それはないかと。あの子供が我らの視線に気がついている様子はありませんでした。周りの誰かがやっていると思います」

「ふーん……どいつだろうな、じゃあお前ちょっと来い」

役に立たない従者を一人、指さし裏に連れていく。

「おい！」

声を出してアイツを呼ぶ。

「はい」

従者の後ろから声がした。まったくどこから現れるか分かりゃしない。しかし役に立つから使ってやっている。

従者が驚き振りかえると、全身を布で隠している男が立っていた。

「誰だ！」

従者が突然現れた黒ずくめの男を警戒し身構える。だが、俺は構わずに続けた。

「コイツと行ってあの子供の周りを探ってこい。なにか起きたらコイツに聞いてみろ」

従者にそう指示を出す。

「コ、コイツは誰なんですか？」

胡散臭げに奴《やつ》を見て、従者は眉根を寄せ、問いかけて来る。しかし、教えるつもりはない。コイツは俺の奥の手だからな……

「いいからいけ！　なんでも言うことを聞くヤツだ。おい！　分かったな隣の奴《やつ》の指示に従えよ」

「……お前、名前は？」

顔の見えないコイツは無言で頷いた。

「……」

従者は男に話しかけるが、コイツに名前などない。

「おい！　聞こえてるのか？」

「はい」

「お前、男か？　歳はいくつだ？」

顔が見えないので覗き込むように窺っている。

「コイツに名前などない、オイとでも呼んでおけ」

従者は唖然《あぜん》としている。その顔を見て笑いが込み上げた。

「コイツのことを呼ぶ時においおい！　おい！　って呼んでたらな、それを名前と勘違いしたんだ！

面白いからそのまま呼んでんだ」

俺が説明してやってるのに、従者の頬は引きつっている。まったくユーモアの分からん奴《やつ》だ。

「まぁ俺の言うことはなんでも聞く人形とでも思ってろ……だが他言するなよ。もし漏らしたら分かっているな」

従者は顔色を悪くしてコクコクと頷いた。

その様子に満足する。やはり人が俺を恐怖し、崇める様を見るのは気持ちがいい。

「よし、じゃあ行ってこい！　使える情報を掴むまで帰ってくるなよ」

従者は頷くと〝オイ〟に声をかけて、あの赤髪の子供のもとに向かった。

◆

王都まで護衛を頼んでいたライアン達と別れてから、私は馴染みの商会に挨拶に向かった。

「こんにちは。ブスター様はいらっしゃいますか？」

馴染みの商会に入って、受付に声をかける。

「お久しぶりです。ビルゲート様」

受付のお姉さんが笑顔で対応した。ここの会長のブスターは最悪だが、受付嬢のレベルは高い。

「ブスター様はただいま席を外しております。すぐに戻られると思いますので奥でお待ちになりますか？」

なんだ、出かけてるのか……

肩透かしを食らう。待たせてもらうことにすると、奥の部屋に案内される。高そうなお茶を出されてゆっくりと飲みながら待っていたら、ドシドシと重そうな足音が聞こえてきた。

あの巨体が来たのかな？

私はソファーから立ち上がり、ブスターが来るのを待った。ノックもなく扉が開く。

「おー！　ビルゲート、久しぶりだな！」

ブスターは私を見ると途端に笑顔になった。その顔にゾッと怖気が走るが、そんな心情は微塵《みじん》も顔に出さず笑顔で迎える。

「ブスター様、お久しぶりです。どうですか、商売のほうは？」

私の問いかけにブスターの顔色が変わった。わざとらしく驚いてみせる。

「おや？　その様子だと上手くいってないんですか？」

「今、ハンバーグ店のほうがちょっとな……お前が行ってた町の店が今王都で開店したんだ。そこに客を取られちまって……知ってるか？」

ブスターは面白くなさそうにムスッとしている。

「ああ、最初にハンバーグを出されたお店ですね。リングス商会が口説き落としたと聞きましたが……」

「それだ」

ブスターの機嫌が更に悪くなったが、なにを思ったのか急にニタッと笑う。

「だけど……いいものも見つけた。好みの子なんだが、丁度その店の子らしくてな！」

ブスターがその子供を思い出しながら気持ち悪い笑顔になる。この男の悪趣味には嫌気が差すが、おくびにも出さずに笑顔で返した。

「ブスター様のお眼鏡にかなってその子は幸せですね！　それでどんなお子様なんですか？」

興味はないが、一応聞いておだてておこう。

「赤髪の女の子でなぁ、怯《おび》えた顔がまた可愛いんだ！　まだ手に入れてないんだけどな」

残念そうに唇を噛むブスター。首尾が上手く行ってないようだ。

「それで、ビルゲートはなんで王都に来たんだ？」

「私は昔馴染みが奴隷に落ちたと聞いて、買えたら手に入れようかと思いまして……」

もう一人の子供の情報は伏せておく。こいつに知られたら絶対に欲しがるに決まっている。丁度違う子に熱を上げてるようなので、そっちに気をとられておいてもらおう。

「奴隷か！　女か？」

こいつはそれしか頭にないのか！　呆れるほどのクズだ。

「いえ、男の元商人ですよ、聞いたことないですか？　ちょっと前に関わっていた貴族達があらかた捕まりましたよね？」

それで思い出したのかブスターの顔が白ける。男と聞いて興味が失せたようだ。

「ああ、あいつか！　あいつならどっか遠くの戦地だかに送られたんじゃないのか？」

「それが怪我をして戻ってきたと噂で聞きまして。頭はよかったので手に入れたいのです」

ブスターの顔色を窺《うかが》う。奴隷市場の常連のこいつなら、なにか情報を知っているかと思いここに来たのだ。ブスターは瞬時に私の意図を察して、面倒そうに手をひらひらとさせる。

「分かった、分かった。なにか情報があったら聞いておく」

「よろしくお願いします。やはりブスター様は王都でお顔が広いですから」

ここぞとばかりにヨイショしておいた。

宿の場所を伝えて、もし情報が入った際によろしくと言って、金の入った袋を手渡す。ブスターは中身を見るとニヤッと笑い、懐にしまった。

その後も少し雑談して私はゼブロフ商会を出ると、今度はライアン達との待ち合わせに向かった。

「お待たせしました」

冒険者達はもうすでに待ち合わせ場所に来ていた。

「それで、なにか分かりましたか？」

笑顔で尋ねると、冒険者のライアンが渋い顔をする。これは期待できないな……私は笑顔を引っ込めた。

「あのミヅキって子だが、王都に入ってからの目撃情報がほぼない」

ライアンはきまり悪そうに報告する。

「あんな目立ちそうな子がですか？」

わざとらしくびっくりしてやった。本当に使えない奴《やつ》らだ。

「この二日走りまくったが情報が全然なかった。ただ、でかい従魔はいた。リングス商会のマルコ・リングスの屋敷にいるらしい。だからそこに缶づめになってるとしか思えん」

「リングス商会？」

「ああ、あとはドラゴン亭って覚えてるか？」

さっきブスターも言ってた店か……。ああ、と頷く。

「今王都であの店が出店しているんだが凄い人気らしい。その店の周りででかい従魔を見かけたと聞いた。あと関係あるか分からんが、その店の周りに裸の男達がよく現れるそうで、今その周囲が警戒されている」

「は、裸？」

ライアンは真面目な顔で頷く。冗談で言っている訳ではないようだ。

「変態が多いんですかね？　それで、もっとまともな情報はないんですか？」

あまりに使えない情報ばかりで顔を歪《ゆが》めると、彼は「ない」と言って顔を背けた。私は大袈裟《おおげさ》にため息をつく。

「はぁぁ～、そんな情報だけで金を貰えると思ってますか？」

きまり悪そうな冒険者達を睨みつけた。

「役に立たない連中だ……」

思わず本音が出てしまう。ライアンがキッと睨んでくるがなにも言わない。いや、言えないのだろう。

「もういいです、とりあえず手間賃だけ渡しておきます」

私は銀貨二枚を地面に投げる。すると、ライアンの後ろにいつもくっついている、金魚の糞のような男がバッと拾った。

「おい、約束の金額と違うぞ！」

男は報酬《ほうしゅう》金額に文句を言ってきた。

「はぁ？　こんなクソみたいな情報持ってきただけで、銀貨一枚も貰えることを感謝して欲しいくらいだ！　子供だってもう少し役に立つぞ！」

「なに！」

金を拾った男が立ち上がり、掴みかかろうとするのをライアンが止めた。

「もう二度と頼まないと思います。では」

私は喚く男を無視して歩き出した。

◆

「なんなんだあいつ、しょうがねぇじゃねぇか！　本当になんの目撃情報もないんだ！」

納得いかないと、仲間の冒険者のバスが叫んだ。

俺とバスはこの二日間、真面目に情報を求めて歩き回ったが、黒髪のミヅキという女の子を最初の門番以外、誰も見ていなかった。

聞こえてくるのはドラゴン亭と赤毛の獣人の女の子の噂ばかりだった。

「行くぞ」

俺はまだ怒っているバスに声をかける。

「どこにだよ……」

「あの屋敷に行く。あそこに行けば少しは情報があるかもしれん」

「まだ情報集めるのか？」

バスがまだやるのかと怪訝《けげん》な顔をする。

「このままじゃ腹の虫がおさまらねぇ！　あの商人より先になにか見つけ出してやる。あの屋敷をずっと張るぞ、絶対あの子供がいるはずだ！」

目を血走らせて俺達は屋敷に向かった。

七　再会

「シリウス、ロレーヌ侯爵がお呼びだ。部屋で待ってるそうだから向かってくれ」

レオンハルト様の護衛をしていると、ユリウスが声をかけてきた。

ようやくコロッケが手に入ったのだろうか。俺は頷き、ユリウスに王子を任せて部屋を出た。

この四日間、レオンハルト様にコロッケを買ってこいと何十回言われたことか……

まだ売ってないと言っても納得してくれず、だったら作ってこいと無茶を言われる始末。だいぶマシになったかと思ったが、まだまだわがままなお子様だ。

ロレーヌ侯爵のもとにも何度か伺い、料理の名前がコロッケだと教えてもらってからは、余計に頭から離れないようだった。

ミヅキの町でホットドッグを食べた時と同じだ。王都で食べられないと知ると、似たようなものを作らせたが、納得いかない様子で文句を言いながらもホットドッグもどきを食べていた。

ロレーヌ侯爵の部屋に着きノックをする。従者が扉を開けてくれて中に通されると、ロレーヌ侯爵は机に向かっていた。

「すまんね、ちょっと待っていてくれ」

机の書類になにか書き込んでいたが、しばらくして手が止まり、顔を上げた。

「連絡が遅くなってすまないね、レオンハルト様お待ちかねのコロッケのお店が開店したよ。店が落ち着くまで待ってもらったが、大変だったみたいだね」

苦笑するロレーヌ侯爵。しかし、待ち望んでいた言葉を聞いてホッとする。

「レオンハルト様を抑えるのは大変だったかな？」

「……いえ」

前よりはマシだと思っている。

「それで、店の話だがレオンハルト様は連れて行かないでくれ」

「えっ？」

思いがけない言葉に驚いて目を瞬く。

「一応……人気店だしな、王子が行くと騒ぎになる。私の名前を出せば持って帰れるように手配しておく。まぁそんなことをしなくても、君が行けば大丈夫だろうがな」

後半の言葉に疑問が湧くが、手に入れさえすれば文句は出ないだろう。

「なにからなにまですみません。ありがとうございます」

「いいんだよ。ほら、これが店の場所だ。今の時間なら少しは客足が落ち着いてるだろう」

ロレーヌ侯爵はなぜか楽しそうに笑う。

「ついでに私と国王の分も買ってきてくれないか？」

「国王の分もですか？」

思わぬ人物の名があがり驚くが、確かお土産《みやげ》の時も国王からと言っていたと思い出した。

「あの店には知り合いがいるらしくてな、レオンハルト王子に渡す前にここに寄ってくれ」

頼むぞと言うと、彼はまた机に向かってしまった。忙しい時間を割いて手配してくれたらしい。

俺はお礼を言って早々に部屋を出た。

ロレーヌ侯爵からもらった紙を見ると、南街方面の地図だった。

俺はユリウスに声をかけて店に向かうことにした。

「コロッケを買いに行ってくる。ちゃんと手に入れるまでは、王子には黙ってたほうがいいと思うんだ」

レオンハルト様に聞こえないように囁《ささや》いた。

「ロレーヌ侯爵と国王の分も買うことになった。先にそちらに届けてから帰るから、よろしく頼む」

ユリウスは国王と聞いてびっくりしたが、すぐに頷いた。

チラッとレオンハルト様を窺《うかが》うと気がついている様子はなかった。

俺はユリウスに目配せして部屋を出て、王宮の門に向かう。門番に外出することを伝えると、門番が話しかけてきた。

「シリウスさん、どこに行くんですか？」

近衛兵に昇格してから、隊員からよく話しかけられる。特に平民の兵士は偏見《へんけん》なく接してくれる。

この門番もきっとそうなのだろう。

「王子の為にコロッケを買いに行くところです」

隠すこともないので正直に答える。

「「コロッケ！」」

門番達が揃って大きな声を出し、目を輝かせた。

「知ってるんですか？」

「一昨日開店したお店の名物なんですよ！　ハンバーグの店なんですけど、初めて見る料理が色々あってどれも美味しそうでした。俺はハンバーグとコロッケを頼んだんです！」

門番が興奮して話している。

「俺はこいつにお土産《みやげ》で貰ったんですけど、すっげえ美味かったっす！」

味を思い出してるのか、ヨダレが口端から漏れている。

「そ、そうなんですか？」

彼らの様子にたじろぐが、二人は構わずに続けた。

「また、あのお店の店員さん達がいいんですよ！」

「店員？」

「はい！　すっごい巨乳の美女に、可愛いメイドさん風の店員さんが何人かいて、後はちっこくて可愛い獣人の子供がいるんです！　あの子を見て俺、獣人を誤解してたって気がつきましたよ！」

「獣人のシリウスさんなら知り合いじゃないですか？」

門番の一人が期待の目を向けてくる。

「いや、初めて聞きました、どんな子なんですか？」

「赤毛の女の子で……なんの獣人ですかね？　猫っぽく感じましたが……尻尾も赤くて、シリウスさんみたいに腰に巻いてましたよ」

その子を思い出しているのか楽しそうに話す。

「小さい体で一生懸命に接客してるんですよ。店は平民と貴族がいっしょくたんになっているんですけど、どっちにも態度を変えることなく接していたので驚きました！」

二人の話を聞いてミヅキみたいだと思った。

「俺達にも丁寧に受け答えしてくれて、真剣な顔でお皿を運んでると思ったら、目が合うとニコッと笑って……、コロコロ変わる表情に街の頑固《がんこ》な親父達もメロメロになってましたよ」

その時の様子を思い出し可笑しそうに笑う。

「貴族の人にいちゃもんつけられてましたが、本人は気にしてなくって……ただ周りはピリついてましたけどね。本人がケロッとしてるもんだから、周りも徐々に落ち着きましたけど……」

あれには怒りを覚えましたと、今度は顔を歪《ゆが》める。

「その後、その貴族達が謝りに来たそうですよ。貴族が平民に謝るなんて聞いたことないですよね！　でもその子、平気な様子で謝罪を受けとって、また食べに来てくれなんて言ってお土産《みやげ》を渡してたそうです！　マジで天使かと思いました！」

「俺もその話を聞いて、今日仕事が終わったら行ってみようと思ってて。シリウスさんも行くなら見てきてくださいよ」

もう一人の門番が、店に行くのを待ち遠しそうにしている。

「そうですか、そんな子がいたとは。……会うのが楽しみです」

獣人が好意的に思われて嬉しく思う。これもミヅキやレオンハルト様のおかげだ。

二人を思い出してクスッと笑うと、門番達が驚いた様子でじっと俺の顔を見た。

「シリウスさん、もっと笑ったほうがいいですよ。そしたら女性にモテモテだと思いますよ！」

ああ、ともう一人も同意する。

二人にありがとうと言って別れ、お店を目指し歩き出した。

獣人の子でそんな可愛い子がいたとは……王都では聞いたことがなかった。どんな子だろうか？

笑顔で働いているなら、きっと差別されることなく幸せに暮らしているのだろう。

レオンハルト様達のおかげで、獣人達への接し方にも変化が出てきた。それを実感して嬉しく思う。ミヅキが聞いたら喜びそうだ。

いつの間にか、獣人の子に会えることが、コロッケよりも楽しみになっていた。

ロレーヌ侯爵に貰った紙を頼りに店を探していると、それらしき建物があった。外に大きな看板が置いてあり、隣にメイドが立っている。

看板のメニューにはコロッケと書いてあった。やはりこの店のようだ。

「いらっしゃいませ。よかったら中で食べていきませんか？」

メニューを見ているとメイドが笑顔で話しかけてきた。俺ではない人に話しかけているのかと思い周りを見るが、誰もいない。

「獣人のお兄さんに言ってるんですよ。入ってくれたら店の子が喜びそうなので声をかけてしまいました。すみません」

メイドが笑いながら謝る。

「いや、持ち帰りをお願いしたいんだが……ロレーヌ侯爵の使いなんだ」

そのため中で食べる気はないと伝えると、彼女はにっこり笑って頷いた。

「かしこまりました、では中でお待ちください」

そう言って扉を開けてくれた。

歓迎されている雰囲気が嬉しくて、扉の向こうになにがあるのかと期待していた。

◆

「いらっしゃいませー」

私はカランッという音に反応して扉から入ってきたお客様に笑いかけた。

マリーさんが誘導してきたのは背の高いお兄さんだった。その顔を見るなり、私は駆け出した。

「シリウスさん！」

「ミ、ミヅキ？」

私はシリウスさんに文字通り飛びついた。

「シリウスさん！　久しぶりぃー！　会いたかったぁっ」

思いっきり抱きつくと、顔を擦《す》り寄せる。シリウスさんは優しく受け止めてくれた。久しぶりの再会に鼻の奥がツーンと熱くなり、瞳から涙がこぼれる。

「ミヅキ、顔を見せて」

シリウスさんが優しく私の涙を拭ってくれた。

「会えて嬉しい。笑った顔を見せてくれ」

シリウスが笑いかけてくるので、私は涙を流しながら笑った。

周りのお客様が泣きながら抱き合う私達を見て、ざわつき出した。騒ぎになる前に、マリーさん達につき添われて二人で店の奥の部屋に行くことにした。

マリーさんが気を利かせてくれて、部屋に二人きりになる。

「シリウスさん、なんでここに？」

会えて嬉しいけど……なんでお店に一人で来たのか気になる。

「ロレーヌ侯爵からこの店のことを聞いたんだ」

ロレーヌ侯爵の意地悪そうな笑顔が脳内に浮かぶ。絶対あの人、Sっ気あるよね！

「コロッケを国王とロレーヌ侯爵からいただいたんだ。そしたらレオンハルト様がえらく気に入ってしまって……それで今日やっと店の場所を聞いて買いに来た」

シリウスさんがニコニコと話す。

シリウスさんに会えたのはすっごく嬉しいから、コロッケとプリンを多めに持たせてあげよう！

「それよりミヅキ、その髪はどうしたんだ？　あとその獣人みたいな耳……作り物か？」

私の頭を見て、シリウスさんは不思議そうにしている。

「これ？　レオンハルト様にバレないように変装したの！　シリウスさんにはすぐバレちゃったね」

そう言って髪飾りやエプロンを外した。

「ああ、ミヅキの匂いがしたからな。すぐに分かった」

えっ？　匂い？　私そんなに匂いがきついのか？

自分の匂いを嗅《か》いでみるがよく分からない。そんな私の様子にシリウスさんが笑い出した。

「俺は獣人だからな、人よりは鼻がいいんだ。それにミヅキの匂いは忘れない……」

そう言うと、私の手を取って手の甲に鼻先を近づける。イケメンのイケメンな仕草に、思わず顔が赤くなる。すると、シリウスさんが心配そうに覗き込む。

この……天然イケメン獣人は……

「ユ、ユリウスさんは元気ですか？」

私はサッと手を離して、話を変えた。

「ああ、俺達は奴隷ではなくなって、今はレオンハルト様の近衛兵と近侍として勤めさせていただいている」

前の張り詰めた感じがなくなり、穏やかに笑っている。

「奴隷の扱いも見直されていて、奴隷紋の代わりに装着物にしようという案が出ているんだ」

奴隷紋と聞いて、シリウスさん達の背中についていた焼印を思い出す。

思わず顔を顰《しか》めると、シリウスさんが立ち上がり、いきなり服を脱ぎ出した。私は慌てて口を開いた。

「シ、シリウスさん！　どうしたの？」

立ち上がってシリウスさんを止めようとすると、

「見てくれ」

彼はガバッと上着を脱いで背中を見せた。以前はあったはずの奴隷の印が綺麗に消えていた。

私はシリウスさんの背中に近づき、恐る恐る手を伸ばしてそっと触れる。傷だらけだった背中が今はとても綺麗で、傷一つない。

「傷が……ない」

それがとても嬉しい。どうして？　と聞きたいが、口を開くと泣いてしまいそうで、唇を噛み締め黙ってシリウスさんの背中に触れる。

シリウスさんはくすぐったいだろうに、黙って好きなように触らせてくれる。

しばらく二人の間に優しい空気が流れた。そこに——ベイカーさんが入ってきた。

「ミヅキ、シリウスが来たんだっ…………て！　お前らなにしてんだああー!!」

ベイカーさんの叫び声が店中に響き渡った。

ベイカーさんの叫び声のおかげ（?）で、私の涙は引っ込んだ。ベイカーさんに、シリウスさんの背中を見せて事情を説明すると、彼はようやく落ち着きまじまじと背中を眺めた。

「それで、奴隷の印が消えたのはミヅキの回復魔法のおかげだと？」

「はい。王都に帰ってきてから、ユリウスが気がついて教えてくれました。心当たりはミヅキがかけてくれた回復魔法くらいです」

シリウスさんが私に感謝の眼差しを送ってくる。

「私がやったのか分からないけど……あんな傷消えてよかった！」

私は嬉しくて笑ったが、ベイカーさんは険しい顔をしている。

「そのことを知っているのは？」

ベイカーさんが真剣な面持ちでシリウスさんに聞いていた。

「私達兄弟だけです」

分かっているというように頷くシリウスさんに、ベイカーさんはホッと息を吐いた。

「このことを他人に知られたら、ミヅキに危険が及ぶことくらい分かります。そんなことになるくらいなら死を選びますよ」

シリウスさんが笑って、信じられないようなことを言った。

「駄目！　絶対駄目！　そんなの許さない」

私は顔を真っ赤にして怒り、シリウスさんを睨みつけた。

「シリウスさんは全然分かってない！　私はそんなことされても嬉しくない！　もし……そんなことになったら……」

想像しただけで苦しくなって、ポロポロと涙が溢れ出す。

泣き出した私にシリウスさんが慌てていると、ベイカーさんが優しく抱きしめてくれた。

「ミヅキ……落ち着け。シリウスは例えで言ったんだ。そのくらいの気持ちでお前の秘密を守ると。

本当に命を落とすわけじゃない、だから安心しろ」

優しく語りかけて背中を擦ってくれる。ベイカーさんの温もりで落ち着いてきた。

「なっ、シリウス。そうだろう」

ベイカーさんがニカリと笑って、シリウスさんに同意を求める。

「えっ？　ええ、そうです！　本当に死のうだなんて思ってないぞ！　そしたらもうミヅキに会えないしな」

シリウスさんはすまなそうに私の頭を撫でた。

「びっくりさせてごめんな、俺はもう大丈夫だ。自分の身は自分でちゃんと守れるからな」

そう笑いかけてくる。初めて会った時の諦め切った瞳はもうなかった。

シリウスさんと笑い合っていると、扉が赤く光った。そしてジュワッと扉が溶け出し、赤くドロッと円形に穴が開いた。その穴から、マルコさんの屋敷でお留守番をしているはずのシンクが現れた。

【ミヅキ？】

シンクは私の目の前に勢いよく飛んでくる。私はその体を抱きしめた。

【シンク、どうしたの？】

【ミヅキの気配が乱れたから心配したよ！　シルバも今こっちに向かってるよ！】

【えっ？　シルバも？】

シルバが王都の街中を駆け抜ける姿を想像して、動揺する。

「ど、どうしたミヅキ？」

「ベイカーさん大変！　シルバがこっちに向かってるって！」

私は部屋の中をウロウロと歩き出した。

「えっ！　シルバが？　や、やばい！　とりあえずものを壊さないようにすぐ伝えろ！」

【シルバ！　シルバ！】

【ミヅキ!?　どうしたんだ！　大丈夫なのか？】

シルバは念話に気づき、すぐ応答してくれた。どうやら立ち止まったようだ。

【私は平気、大丈夫だよ。それよりシルバ今どこ？】

【ミヅキの店の前の建物の屋根にいる】

【なんか……壊しちゃった？】

恐る恐る聞いてみる。

【いや、屋根を足場に飛んで来たから大丈夫……だ】

最後に空いた間が怖い！

【シルバ！　なにその沈黙！　怖いんだけど、大丈夫だよね？】

【いや……大丈夫だ、ちょっと屋根が壊れたくらいだ……屋根だし誰にも分からんよ……それよりもなにがあった！　今は安定してるが、さっきは凄い動揺があったぞ！】

シルバ今、話変えた？　大丈夫と言ってるから、まぁ大丈夫だということにしておこう。

【シリウスさんがお店に会いに来てくれたの。それでびっくりしちゃってね。今シンクもベイカー

さんも近くにいるから大丈夫だよ。心配かけちゃってごめんね】

【ならいいが……帰ってきたらちゃんと詳しく教えるんだぞ】

シルバは納得いかない様子だったが、私が無事なことを確認できたので、屋敷に帰ると言う。

【うん、シルバありがとう。大好きだよ……】

【ああ、俺もだ】

シルバが大人しく帰ったことをベイカーさんに伝える。

「シルバ、屋根を少し壊しちゃったみたいだけど……見えない場所だから大丈夫だって言ってる……」

どう思う？　とベイカーさんを見上げる。

「まぁ道を堂々と走らなかっただけましか……」

あんまり被害がなかったようで少し安堵していた。

「でも……この扉、どうしよう？」

部屋の扉は、シンクが抜けた部分だけぽっかり穴が空いている。

ベイカーさんが扉の前に行き、皆に離れるように言って剣を抜いた。

なんか動いた？　と思った次の瞬間ベイカーさんが剣をしまう。シリウスさんが「凄い」と目を見開いて呟いた。

ベイカーさんが扉の溶けた部分を掴み引っぱる。すると、そこがガコッと四角く外れた。

「えっ？　なんで」

なにが起きたのか分からず、シリウスさんの顔を見上げた。

「ベイカーさんが焼けた部分だけ剣で切り取ったんだ」

シリウスさんが教えてくれた。

「すっ」

「す？」

「すっごーい‼　ベイカーさんの剣筋、速すぎて見えなかった！　カッコイイー！」

私は、はしゃぎながらベイカーさんに抱きついた。

「ベイカーさんが強いのは知ってたけど、こんなに凄いなんて思わなかった！　ベイカーさん素敵です！」

きゃっきゃと騒ぐ私を前に、ベイカーさんは呆気に取られていたが、少し遅れて笑顔を見せてくれた。頭をかいてニヤニヤしている。

「そ、そうか？　かっこよかったか？」

「うん！　ベイカーさん、これならお嫁さんが貰えるね！」

「うん？　嫁？」

よく分からないようだったので、もう少し説明してあげる。

「ベイカーさん最近全然女の人といる噂聞かないから、お嫁さんが貰えないのかと思って心配しちゃった！　でもあのカッコイイベイカーさんを見れば、皆好きになっちゃうよー！」

ベイカーさんが複雑な顔をしているが、気にせずに話を続ける。

よかったよかったと喜んでいると、ベイカーさんがなぜかガックリと肩を落としている。

シリウスさんが「大丈夫ですか？」とベイカーさんを慰めていた。

ベイカーさんは落ち込んだまま、シンクに切り取った扉の一部を見せた。

「シンク、これを灰も残らないように燃やせるか？」

【簡単！】

シンクが羽ばたく。ベイカーさんは扉の切れっ端をポンとシンクに投げた。

——ジュッ！

切れっ端は跡形もなく燃え尽きた……

無事に証拠隠滅も終わり、シリウスさんの注文分の料理を用意する。

「はい、これが国王様とロレーヌ侯爵とシリウスさん達の分だよ！」

プリンとコロッケを人数分包んで、三つに分けてシリウスさんに渡す。

「ミヅキ……すまないが、レオンハルト様の分も頼んでいいか？」

シリウスさんが眉を下げて困ったように笑った。

「あっ！　忘れてた」

あははと笑って誤魔化しておく。しょうがない、もう一人分用意してくるか……

「しばらくは王都でお店開いてるから、また遊びに来てね！　あっ、レオンハルト様には内緒だよ！　来るとうるさそうだからね！」

お願いね！　と手を合わせて、シリウスさんを見上げると、彼は分かったと笑顔で頷く。

それからお店の外まで見送りに行く。シリウスさんは何度も振り返り、手を振ってくれた。

◆

ドラゴン亭を出て、ホカホカのお土産《みやげ》を両腕に抱えて王宮に戻ってくると、門番達が出迎えてくれた。

「シリウスさん！　どうでしたか？」

門番達が食い気味に聞いてくる。きっと俺が帰ってくるのを待っていたのだろう。

「ああ、とっても可愛い獣人の子がいたよ」

俺はミヅキの変装を思い出し笑う。すると、門番達が驚いて顔を見合わせた。

「シリウスさんがそんなに笑ってるの、初めて見ました」

「よっぽど可愛かったんですね」

まぁなと挨拶をして、王宮に入っていく。

まずはロレーヌ侯爵のもとに向かう。部屋に入ると、ロレーヌ侯爵がニヤニヤと腕を組んで待ち構えていた。

「どうだった？」

「とっても可愛い子が確かにいました。これが頼まれていたものです」

ミヅキから渡されたロレーヌ侯爵と国王の分のお土産《みやげ》を手渡す。

「そうか……よかったな。明日もきっと王子は食べたいと言うだろうな……今度はユリウスに頼むかな」

お土産《みやげ》を渡し、俺は部屋を出る。明日、ミヅキに会ったユリウスの驚く顔が目に浮かび、笑いながらレオンハルト様とユリウスのもとへ戻った。

「ただいま戻りました。レオンハルト様、待望のコロッケですよ」

メイドに声をかけて、皿に載せて持ってくるようにお土産《みやげ》の袋を渡した。

「やっときたのか！　早く！　早くしてくれ！」

レオンハルト様が今か今かとメイドが来るのを待っている。

メイドをせかして、皿が置かれるや否やすぐに食べ出した！

あっという間に五個あったコロッケを全て食べてしまい、もっと欲しいと言う。

「いくらなんでも食べ過ぎですよ」

ユリウスが呆れて注意する。

「この店は一人五個までしか注文できないんですよ。だからもう終わりです」

「なんだその決まりは！　好きなものを好きなだけ食べてなにが悪い！　ちょっとその店に行って文句を言ってやる！」

王子が立ち上がり、本当にお店に行きそうになった。

「そんなことをしたら、もうコロッケ作ってもらえませんよ」

落ち着かせようと二人で必死に宥《なだ》める。

「そういうところがミヅキに嫌われるんですよ」

ユリウスがいつもの殺し文句を言うと、レオンハルト様はピタリと黙って大人しく椅子に腰かけた。

こう言われると、なにも言えなくなるのだ。

俺は、ユリウスの言葉に少しドキッとする。今までミヅキに会っていたとは言えない。

「また明日買いに行ってきますから、今日はこれで我慢してください」

そう言ってデザートのプリンを出した。レオンハルト様はそれを美味しそうにゆっくりと味わって、また勉強に戻った。

王子が勉強に集中する間、俺はユリウスに声をかけてそっと部屋を出る。そして、ロレーヌ侯爵から言われたことを伝えた。

「明日はユリウスがあの店に買い物に行くように言っていたぞ」

「ロレーヌ侯爵がか？」

俺が頷くと、ユリウスが怪訝《けげん》な顔をした。

いつもそういう役目は俺の担当だったから怪しんでいるのだろう。しかし、ロレーヌ侯爵の命令だと言うと渋々頷いた。

次の日、やはりまたレオンハルト様がコロッケを食べたいと言い出したので、ユリウスが買いに出ることになった。

◆

シリウスさんが店に来た次の日、今度はユリウスさんが店にやってきた！

マリーさんは昨日と同じシリウスさんが来たと思い、そのまま裏に通した。

「ミヅキ様、昨日の獣人の方がまた来てますすよ」

マリーさんにそう言われて、昨日の部屋に向かうと……

「ユリウスさん！」

「えっ？　ミヅキ？」

昨日のシリウスさんと同じ反応!!

私は同じようにユリウスさんに抱きつくと、マリーさんが目を白黒させていた。

「昨日に引き続き、ユリウスさんにも会えるなんて嬉しい！」

ニコニコしながらユリウスさんと話していると、マリーさんが話しかけてきた。

「ミヅキ様？　そちらの方は昨日の方ではないのですか？」

「え？　ああ、昨日来たのは弟さんのシリウスさんで、こちらはお兄さんのユリウスさんです」

私がユリウスさんを紹介すると、

「すみません！　昨日のお客様と同じ方だと思ってしまいました」

マリーさんが慌ててユリウスさんに謝っている。

「大丈夫ですよ。よく間違えられますので。昨日シリウスの様子がおかしいと思っていたんですよね。ミヅキのことを隠しているなんて……」

帰ったらどうしてくれようと言いながらも、ユリウスさんが笑顔を見せる。彼も、初めて会った時より表情が柔らかくなっていた。

私はユリウスさんの手を取って、その顔を真剣に見つめる。

私の様子にユリウスさんが笑うのをやめた。それを見て、マリーさんがそっと部屋を出て行く。

「ユリウスさん……シリウスさんの奴隷の印を消したこと、皆に黙っていてくれてありがとうございます」

ユリウスさんの目を見つめて、改めてお礼を言うと、ユリウスさんがそんなことかと笑った。

「当たり前ですよ」

「それで……ユリウスさんがいいなら、ユリウスさんの傷も消したいです……」

私はユリウスさんの言葉を待った。私は消したいと思うが、決めるのはユリウスさんだから。

ユリウスさんは目を見張ったが、ふっと肩の力を抜いて笑う。そして、服を脱ぎ背中を見せた。

「お願いします」

私は破顔し、外で待つベイカーさんに声をかけた。

ベイカーさんには前もって、もしユリウスさんが来たら傷を消したいと相談していたのだ。ベイカーさんは渋い顔をしていたが、シリウスさんが秘密にしていてくれたこともあり、了承してくれた。

ベイカーさんが扉の前に立ち、人が入ってこないように見張ってくれている間に、ユリウスさんに回復魔法をかける。

ユリウスさんを椅子に座らせて、背中の傷にそおっと触れ目を閉じる。

この嫌な傷を消して、シリウスさんみたいな綺麗な背中になりますように……

そう願いを込めて「傷よ、癒えよ」と回復魔法をかけた。

ユリウスさんの背中に薄く伸びるように自分の魔力を纏わせ体を包み込む。彼の体が淡く光る。

やがて光が消えて、私はユリウスさんの背中を撫でた。

「どうだい？　上手くいったのかな？」

ユリウスさんはくすぐったかったのか、笑いながら優しく問いかける。

「……う……ん」

私は消え入りそうな声で答えた。彼の背中にあった忌々《いまいま》しい傷は綺麗さっぱり消えていた。

ユリウスさんが「ありがとう」と呟く。私は嬉しくて彼の背中におでこをつけた。

ユリウスさんの背中に一雫《ひとしずく》、涙がこぼれ落ちた。

八　動き

俺は雇用主であるブスター様に言われて、オイとドラゴン亭を張っていた。すると、ずっと微動だにせず立っていたオイが急に声を発した。

「誰か、温かい、魔法、使った」

オイがたどたどしく伝えてくる。

「昨日とは違う奴《やつ》か？」

「そう」

「温かい魔法？」

どういう意味だと聞き返すが、オイはなにも答えない。まったくやりづらい。

俺はオイを睨みつけた。昨日は昨日で、魔法の気配を感じるや否や震え出し、なにかが来ると言って脱兎《だっと》のごとく逃げ出した。

「誰が魔法を使ってるか分かるのか？」

「見る、分かる」

そう言うとまた黙り込んでしまった。見れば分かるということか？

しばらく待っていると、昨日も来ていた獣人が店から出てきて、また赤毛の獣人の子供が見送る。

するとオイが赤毛の子をじっと見ている。

「あの子、魔法、使った」

「あの子が!?　ブスター様が気に入ってる子じゃないか！」

俺は思わぬ収穫にニヤリと笑った。

「いい情報だ！　後はあの子が一人になる時が分かれば……」

俺がブツブツと独り言を言っている間、オイはあの子供をまっすぐに見据えていた。

◆

俺とバスは、商人ビルゲートが情報を探っていたミヅキがいると思われる屋敷を張っていた。

その時、急に悪寒が走った。見えないなにかが通りすぎ、全身から汗が噴き出す。

「お、おい、なんだ今の！」

バスが俺に問いかけてくる。

「わ、分からん。だがなにかが通り抜けたのは感じた」

俺達はもう近くにはいないと分かっているのに、振り向くことができないでいた。

「なぁ……もうやめようぜ……」

今ので怖気づいたのか、バスが俺を窺《うかが》うように見つめる。

「ここまできてやめられるか！　いいからお前はなんか食いもんでも買ってこい！」

キッと睨みつけると、バスは不満げに文句を言いながら離れて行った。

クソ！　さっきのはあの子にくっついていた従魔か？　前に見た時は、あんなに恐ろしくは感じなかった……急に殺気を隠そうともせずに飛び出して行った……向こうのほうになにかあったのか？

俺は従魔が飛び出して行った方向を見つめた。

しばらくすると、あの従魔が建物の屋根を飛び越えながら屋敷に戻ってきた。

先程の恐ろしい感じは鳴りを潜めて普通の魔獣に見える。

昨日から屋敷を張っていたが特別変わったことはなかった。屋敷には朝と夕方に馬車の出入りがあるが、その中に黒髪の子はいなかった。

一体どこに消えたんだ……さっきの従魔が向かったところにあの子がいるのか？

俺は立ち上がり、従魔が帰ってきた屋根に登ってみる。そこには従魔が走り抜けた足型がくっきりと残っていた。その屋根のくぼみを見て、ゴクッと唾を呑んだ。

駆けただけでこれだけの衝撃が……？　いや、体も大きかった。体重のせいかもしれない。

本能がもうやめろと言っている。だが、もう止まれない。

バスが戻ってきたらこの跡を辿《たど》ってみるか……

俺は一度下に降り、バスの帰りを待つことにした。

しかし、次の日になってもバスは戻ってこなかった。

あいつ、逃げやがったな。いや、あんなバカはいるだけでお荷物だ！

俺はバスのことは忘れて屋根に登る。昨日の従魔がつけたくぼみの跡を頼りに進んだ。

最後のくぼみに辿り着き、周りを見渡す。一体ここになにがあるんだ？

俺は足跡の上に真っすぐ立ち、前を見つめる。すると、目の前に煌びやかな建物が見えた。

看板にはドラゴン亭の文字が。また、ドラゴン亭？　あの従魔はここに来ていたのか？

屋根の上からドラゴン亭の周りを注意深く見ていると、建物に隠れるように店内を窺《うかが》っている二人組が目に入った。一人は商人のような格好で、もう一人はフードを深く被っていて顔は確認できない。

ここにはなにかある。俺はそう確信すると、その二人とドラゴン亭を見張るべく屋根に身を潜めた。何事もなく時が過ぎていったが、一人の獣人が店に入った時、なにかが引っかかった。

なんか……見たことがあった気がする……

しかし、獣人の違いなど分からない。しばらくして獣人が店から出てきた。後ろには赤毛の獣人の子供がついてきている。

すると怪しい二人組にも動きがあった。フードを目深《まぶか》に被っているほうが、やたらと赤毛の子供を見ていた。楽しそうに獣人を見送っている子供を見つめている。

あれが最近噂になっている赤毛の獣人か……その子供を何度も振り返り、手を振る獣人を見て、ふと思い出す。

「あいつ……ギルドにいた奴《やつ》か？」

確か、捜しているあの子供が、誘拐された騒ぎの時にギルドにいた奴《やつ》に似ている。

それと一緒にいるあの子は……もしかして……！

じっと赤毛の子を見ていると、店からあのA級冒険者のベイカーが顔を出した。

「ミヅキ！　ほらもう店に戻れ！」

赤毛の子に声をかけた！

見つけた……

俺はニヤッと笑うと、見つからないようにまた身を潜めた。

◆

私――ビルゲートが宿で寛《くつろ》いでいるところにブスターから情報が入った。捜していた奴隷を見つけたとのことだ。昨日の今日で素早い、さすが裏に精通しているだけはある。

私は情報を頼りに奴隷商に向かった。

綺麗に整った王都の街並みをぬけて、影の差す街の外れに歩いて行く。

街には飲み屋や綺麗な女と遊べる店、賭博場等が建ち並んでいる。その一角になんの看板も掲げていない建物があり、私は迷わずそこに入っていく。

「お客さん、来る店間違えてないかい？」

顔に傷のある男が行く手を阻《はば》んだ。まぁ、こんな普通の商人の格好をしていたらそうなるだろうな。

「いえ、ブスター様の紹介で来ました。ここで間違いないと思うのですが？」

ブスターの名前を出しておかしいなぁととぼけると、男は顔色を変えて無言で道を空ける。

私は、すみませんと笑うと気持ちよく奥へ進んだ。

「いらっしゃいませ」

この建物に似つかわしくない綺麗な身なりの男が声をかけてきた。

「ブスター様のご紹介ですか？」

愛想のいい笑顔を向けてくる。

「ええ、ちょっと奴隷を見せて欲しいのですが」

そう頼むと、こちらへと更に奥の部屋へ案内される。

男について進むと薄暗い、窓がない部屋に通される。

その部屋には下へ続く階段があった。奴隷商の男が階段を降りるのを見てついて行くと、地下には奥にズラッと鉄格子が並んでいる。中には奴隷が一人ずつ、手や足や首を鎖《くさり》に繋がれ閉じ込められていた。

私は一人ずつじっくりと見ながら進んで行く。早速お目当ての人物を見つける。居た……。ニヤッと笑うと足を止めて、その檻《おり》の前に立った。

「久しぶりですね。元気でしたか？」

檻《おり》の中に寝っ転がっていた男に話しかけると、男は声に反応し、起き上がろうとする。

「……誰だ？」

男は私の背にある明かりが眩《まぶ》しいのか、眼前に手をかざすが、よく見ると腕が一本ない。

「あなたも落ちましたね。まぁ元奴隷ですから戻るところに戻っただけですけどね。クックッ！」

男の落ちた姿が愉快で笑いが止まらない。

「その笑い方に喋り方……ビルゲートか？」

檻《おり》の中の男が私に気がついた。やはり勘のいい奴《やつ》だ。

「よく分かりましたね」

「お前は変わんねーな」

男は、はぁとため息をつくとまた床に寝転んだ。

「あなたは大分変わりましたね？　右手はどこに落としてきたんですか？」

「ああ、戦地に兵として行ってる時にちょっとな……」

なんでもないと笑って答える。

「その顔も、ふふ、凄い傷ですね！　男前が台無しです！」

耐えられなくなり、笑い声が漏れた。

「そんなに酷い顔になってるか？　鏡なんて見られないからなぁ……それで？　世間話をする為にこんなところに来たのか？」

自分の顔を探るように触りながら聞いてくる。

「いえ、奴隷を買おうと思って……もう一度私と組んでみませんか？」

そう言って、手を差し伸べてやる。

「……断る」

男が拒否した。まさか断られると思っていなかった私は、間抜けな声をあげてしまった。

「はっ？」

なに言ってんだこいつは？　私の言うことが理解できないほど落ちぶれちまったのか？

じっと顔を見るが、冗談を言ってるような感じではなかった。

「あなた……デボットさんですよね？」

私は思わず確認した。あまりの変わりっぷりに違う奴《やつ》に声をかけたかと思った。

「ああ、久しぶりに名前を呼ばれたなぁ」

デボットが懐かしそうに笑う。

「あんた……どうしちゃったんですか？」

信じられない気持ちで見つめる。こいつはこんな風に笑う奴《やつ》ではなかった！　いつも気持ち悪い笑顔を張りつけた胡散臭い男だった。今はこんな成りなのに爽やかに笑ってやがる。

「ちょっと約束事ができちまってな……それを守る為に罪を償《つぐな》ってるんだ。この傷は俺が今までしてきたことの代償なんだよ」

デボットはスッキリした顔をして、後悔する風でもなく失った腕を触っている。

「あんた再び奴隷に落ちておかしくなっちまったのか？　あんたが変われるわけないだろ、目を覚ませよ！」

私の声が地下に響く。

「まぁそういうことだから他を当たってくれ」

そう言うとデボットは後ろを向いて沈黙した。その態度に私は憤怒《ふんぬ》する。せっかくここから出してやると言ってるのに断る気か！　いつも人のことを小馬鹿にしていたこいつにようやく勝てると思っていたのに！

私は無言で階段を上ると、奴隷商人に声をかける。

「さっきの男を買う。ブスター様の屋敷の地下に運んでおいてくれ。あいつは今いくらだ？」

「あいつは金貨十枚です」

奴隷商人がニヤリと笑う。バラバラに並んだ歯が見えた。見た目だけ整えても、中身はやはり愚《ぐ》図《ず》のようだ。

「あんな、なんにもできない奴《やつ》が金貨十枚だと!?　高すぎるぞ、ふざけるな！」

先程の苛立ちもあり怒鳴りつける。

「確かに体は使えませんが、頭はまだまだ働きます。商人だった頃の知識は健在ですので……」

そう言って手を擦り寄せながらニヤニヤ笑う。クソッ！

私は金貨十枚が入った袋を奴隷商人に投げつけた。

「ほら、金貨十枚だ！　これで文句ないだろう、きちんと運んでおけよ！」

そう言うと奴隷商を後にした。

◆

今日も開店前の店に行列ができている。王都のドラゴン亭は評判がよく、毎日客足が絶えない人気店となっていた。私達はその前を通ってお店に入ろうとする。

「ミヅキちゃん！　おはよう！」

開店してから毎日通ってくれているおじさんが声をかけてきた。

「ジルさん、おはようございます！　今日もお店に来たの？」

お金は大丈夫なのか？　と心配になって聞いてみた。

「おう！　ちゃんと頑張って働いてるよ！　母ちゃんからも許可をもらってんだ。この後母ちゃんも来て一緒に食うからな！　注文取りに来てくれよ！」

ジルさんが頼むぞ！　と手を上げる。

「ふふ、分かった！　後でね！」

手を振ってお店に入ろうとすると、他の人達からも声がかかった。

「ミヅキちゃん！　それなら俺のところも注文取りに来てよ！」

「あっ！　それずるい、それなら私もお願いね！」

注文取りの予約が入る。

「はーい。後で皆ちゃんと行くから、お店が開くの待っててくださいね！」

私は笑って手を振ると店に入った。

「さぁ！　今日もお客さんが沢山待ってくれている、頑張って働くぞ！」

「「「おー！」」」

ルンバさんのかけ声に私達は元気よく返事をした。

「「「いらっしゃいませー」」」

リリアンさん、マリーさんと共にお店を開け、お客さん達を店内に通していくと、今日もあっという間に満席になってしまった。

「今日も忙しそうだね」

私は忙しくなりそうな雰囲気に、嬉しいけど大変だぁと笑う。

「すいませーん」

立って店内の様子を眺めていると、早速注文の声がかかる。「はーい！」と注文を聞きにテーブルへ向かった。マリーさん達も慣れてきて、大分スムーズに注文取りから料理の提供までをこなせるようになってきた。

開店直後のラッシュが一段落すると、頃合を見てジルさんが声をかけてきた。

「いらっしゃいませ」

ジルさんと向かいに座る女の人にも挨拶をする。

「あんたがミヅキちゃんかい？」

女の人は私を見るなり、唐突に言った。

「おい！　いきなり失礼だろ！」

びっくりしていると、ジルさんが慌てて女の人をたしなめる。

「ミヅキちゃん、これが俺の母ちゃんだ。ベルっつーんだよ。見た目に似あわぬ可愛い名前だろ！」

そう言って、ゴツンと頭を殴られていた。ジルさんの奥さんだったのか！

「ふふ、ベルさんこんにちは！　いつもジルさんに食べに来てもらって助かってます。今日は二人で仲良く楽しんでいってくださいね！」

私は二人を見て頭を下げた。

「だんながいつも可愛い可愛いって言うから、どんな女かと見に来てみたら……確かに可愛い女の子だね……」

ジルさんを見て苦笑する。

「だから言っただろうが！　俺の言うこと全然信用しねーで！」

ほら見ろ！　とジルさんが得意げに笑い、こちらにウインクをする。

「じゃミヅキちゃん、コロッケとあれよろしく頼む！」

了解！　と私はウインクを返した。

注文を厨房に伝えると二人を見た。

するとジルさんがベルさんにふんと不敵に笑って顎をつき出す。

「どうだ？」

面白くなさそうなベルさんが顔を歪《ゆが》めた。

「急に仕事にやる気を出して、毎日早く起きるようになったから、絶対よからぬことをしてると思ったのに！」

と悔しそうにしている。

「何度も言っただろ、可愛い女の子の店員さんだって。あの子の働く姿を見て、頑張ろうって思えたんだ」

そう言いながら私に目を向ける。ベルさんも一緒になって私を見た。

「前に聞いたよな？　なんでそんなに働くんだって。まだ小さいんだから好きなことをして楽すればいいと」

そんなこと聞かれたっけ？　と首を傾げると、ジルさんが苦笑した。

「そしたらそんなの楽しくないって言ったんだよ。自分は一緒に働いて、皆といろんなことを分かち合いたいんだと。そうすれば嫌なことだって最後には笑えるんだとさ」

ジルさんは目を細めて続ける。

「俺はそんなに楽しいもんか？　って言ったんだ。そしたらもっと周りを見ろ、自分が思っているよりもこの世界は優しいんだ、助けてくれる人達が沢山いる。そうして助けてもらったら自分も人に同じことを返してあげたい。人の為にしたことは、いつかはきっと自分に返ってくるからって笑うんだよ。俺はこの子は一体いくつなんだって思ったね！」

どう思う？　と、ベルさんに問いかける。

ベルさんは黙って聞いている。私、そんな偉そうなこと言ったっけ？

「こんな小さい子が頑張って働いてるのに、大人の俺が腑抜《ふぬ》けててどうすんだって気づかされたよ。だから俺はあの子に恥ずかしくないように一生懸命働いて、稼いだ金でここに食べに来るんだ！」

「そうかい……」

ベルさんはジルさんの変わりようにようやく納得できたのか、優しく笑った。そんな話に耳を傾けながら、注文した料理を二人の前に運ぶ。

「はーい！　お待たせしました。ジルさんの好きなコロッケです！　熱いから気をつけてくださいね」

ベルさんに笑いかける。

「おい、ミヅキ。俺には言ってくれないのかよ！」

「ジルさんはもう分かってるでしょー、ちゃんとベルさんに説明してあげてね！」

私はよろしくねっと言って下がった。ジルさんはコロッケを手で掴むと、サクッと頬張る。それを見てベルさんも真似をして食べた。

「美味しい」

「だろ？」

ベルさんの驚いた顔に、ジルさんが得意げに笑った。

「こんな美味しいもんいつも食べてたなんてずるいわね」

ベルさんがジロッと睨んでいる。私は苦笑しながら、頃合いを見てプリンを運んだ。

「はい、ベルさん！　こちらジルさんからですよ！」

プリンを一つだけ持ってきてベルさんの前に置いた。ベルさんは私とジルさんを交互に見る。ジルさんは照れて横を向いてしまった。

私は仕方がないとため息をついて、ベルさんに教えてあげる。

「これプリンっていうデザートです。ちょっと高いんですけどジルさんがどうしてもベルさんに食べさせたいって……なのでベルさんの分だけですがどうぞ」

スプーンを渡す。ベルさんはスプーンを受け取ると、プリンをすくって一口食べた。

ジルさんがチラチラとベルさんを見る。

「今まで食べた料理の中で一番美味しいよ……ありがとね」

ベルさんは嬉しそうにプリンを食べた。ふふ、いい雰囲気！

私はごゆっくりと言って席を離れた。


「ミヅキちゃん。お疲れ様。少し休憩していいわよ」

お昼時を過ぎ大分人がまばらになってきて、リリアンさんがそう声をかけてくれる。

「リリアンさんこそ無理しないでね！　ちゃんと休んでますか？」

心配になり、リリアンさんとお腹を見る。

「お二人共休憩して大丈夫ですよ。ここはしばらく私達が見てますから」

マリーさんの言葉に甘えて、リリアンさんと二人で休憩を取ることにした。

「近くにジュースを売ってるところがあったから行ってみない？」

リリアンさんが提案してくれた。

「行きたい！」

「じゃ、ベイカーさんとポルクスさんも誘おうか？」

ベイカーさんとポルクスさんを覗いて……二人で顔を見合わせる。

「なんか……顔が怖いね……」

「ええ、一心不乱にプリンの液体を混ぜてるわ……」

卵を大量に割って掻《か》き混ぜているのだが、二人の目が死んでいた。ブツブツ言いながら、手を動かし続けている。

「ちょっと無理させすぎちゃったかな？」

私が心配しているとリリアンさんが笑って肩に手を置いた。

「お土産《みやげ》にジュースを買ってきてあげようか？」

私はこくりと頷いた。店を出るとすぐにシンクが追いかけてきて、肩にとまる。

【僕も行く！】

【シンクもなにか飲む？】

シンクの柔らかな体に顔を擦《す》り寄せた。

【飲む〜】

シンクが嬉しそうに羽をばたつかせた。シンクは可愛いなぁ！　スリスリ。

リリアンさんと喋りながら、ジュースのお店を目指して歩いていると、シンクがグッと体を擦《す》り寄せて呟いた。

【なんか……見てる人がいるよ】

【まだ獣人が珍しいのかな？】

私はもう見られることに慣れてきていた。

【なんか嫌な感じがする……】

シンクの様子がいつもと違う？

嫌な予感がしたのでリリアンさんの腕を引っ張って、ジュースは諦め、回れ右をした。

「リリアンさん、帰りましょう」

私の様子を見て、リリアンさんもなにかあったのだと感じ取り頷く。そして、一緒に早足で歩き出した。すると、私達の前に数人の男が現れて、行く手を阻《はば》んだ。

リリアンさんが私を庇《かば》うように自分の後ろに隠した。

「そこを通して下さい。大声を出しますよ！」

キッと睨むが、男達はニタニタと笑っている。

「ちょっとつき合ってくんないかなぁーお姉さん」

男達がリリアンさんに手を伸ばしその腕を掴もうとする。

「ぎゃぁぁ！」

すると突然、男達の服が燃えた！　この炎は……！

【シンク⁉】

【こいつら嫌な感じ、全部燃やしていい？】

凄いことを言いながら可愛い顔で私を見る。

【うーん……駄目かな？　服だけにしといてね】

男達が騒いでる間に、リリアンさんと通り抜けようとする。

「きゃあ！」

しかし一人の男がリリアンさんの腕を掴み、引っ張った。男がリリアンさんを掴んで接近しているのでシンクは躊躇《ちゅうちょ》している。

「今だ！」

燃やされないと気がついた男が叫び、リリアンさんの手を引き走り出した。

「駄目！　リリアンさんを返して！」

リリアンさんを追いかけようとしたら、私も違う男に捕まってしまった！

「そいつもついでに連れてけ！」

誰かが叫ぶと、私を掴んでいた男が燃え上がる。

「ぎゃぁぁぁぁ!!」

男は服だけじゃなく、私を掴んでいた腕以外が焼け焦げ、プスプスと蒸気が上がる。

【ミヅキに触るな！】

リリアンさんを連れていこうとした男が、それを見て驚き手を離した。その隙に男の手を振り払い、リリアンさんの側に行こうとする。

「きゃあぁぁぁ」

しかし、突然リリアンさんが頭を抱えて叫んだ。私は彼女のもとに駆け寄ろうとする。

「リリアンさん！　どうしたの⁉」

「――止まれ」

その時、全身を汚い布で覆っている小さい男が現れた。

「動くな。女、殺す」

【シンク！】

【ミヅキごめん、なんかあいつ燃やせない……上手く魔法が……出ない……】

シンクが弱々しい声を出した。

【シンク、どうしたの？】

【分からない、魔力が凄い勢いで吸われて行く感じがする……】

シンクは飛んでいるのも辛いのか、ぐったりとしてしまった。

「やめて！　なんでこんなことをするの？　お金が欲しいならあげるから！」

私は男に向かって叫んだ。

「お前、来い」

男は私を指差している。

「私？」

【ミヅキ……駄目！】

「きゃあぁぁぁ……」

リリアンさんがまた叫び声をあげる。そのままパタリと気を失ってしまった。

「リリアンさん！　分かった！　行くからもうやめて！　リリアンさんにもシンクにもなにもしないで！」

【駄目！　ミヅキを連れていくなんて許さない】

シンクが力を振り絞り、羽毛を逆立てた。男がリリアンさんの側に行きナイフを突き立てようとする。

【シンクお願い！　リリアンさんを守って！　リリアンさんのお腹には……】

【僕はミヅキを守りたい！　リリアンも好きだけど……ミヅキより大切な者はいない！】

【ありがとうシンク、でも私なら大丈夫。すぐにおっかない狼さんが来てくれるから。だからお願い、リリアンさんを守って！　私の大切な人を守って！】

シンクを手のひらに乗せ、リリアンさんのほうに飛ばす。

【リリアンさんが無事じゃなきゃ、私が私を許せない。シンク大好きだよ！　シルバにも大好きって伝えてね！】

そう言うと私は路地に向かって駆け出した。私を狙っているならここから離れたほうがいい。時間を稼げばきっとシルバが来てくれる。

「子供が逃げたぞ！　追え！」

男達は私の思惑通り後を追ってきた。

私は一生懸命に走ったが、子供の足では大人の足に敵わない。男達との距離はどんどん縮む。

角を曲がると小さい空き箱があった、私は咄嗟《とっさ》に箱の中に身を隠す。

「どこいったー！」

バタバタと走り去る音が聞こえなくなるまで、箱の中でじっと息を潜めた。

すると、今度はザッザッザッと遠くから足音が聞こえる。徐々に近づいているようだった。

私が息を止めていると、目の前で足音が止まった。

「見つけた」

その声と共に光を感じた瞬間、意識を手放した。

◆

俺はバスと別れて一人ドラゴン亭を張っていると、とうとう動きがあった！

目的の赤髪の子供と店の女将《おかみ》が店を出てきたのだ。すると店を監視していた男達が二人の行く手を阻《はば》んだ。

最初は子供達が優勢に見えたが、顔をフードで隠した男が動くと立場が逆転する。

赤髪の子供が急に駆け出し、路地に逃げた。フードを被った男が後を追う。

どう動こうかと迷っていると、気を失っている女の側に赤い鳥がとまり、いきなり燃え出した！

周りの残った男達はなにもできずにその様子を見ている。

その時、あの悪寒《おかん》が全身を走った。ヤバい、アイツが来る……

俺は息を潜めじっとする。

「グルゥウウ！」

黒い獣が唸り声をあげていきなり現れた。男達は獣を見て腰を抜かすと、ひと睨みされてパタリと気を失った。

獣は燃え出した鳥と女のところに行き、前足を振り抜く。すると火が消えた。なんだあの風圧は……

火が消えた場所では鳥と女が倒れている。獣はそいつらを背中に乗せると、周りを窺《うかが》っている。あの子供を捜しているのだろうか？

獣はイライラしてるようで、隠れているこちらの場所までビンビンに殺気が飛んでくる。

先程から寒気と汗が止まらない。冒険者をしていて、ここまでの恐怖を感じたことはない。もう直接獣を見ることもできずに体を縮めて丸まっていると……

「ガオォォオオオン！」

獣が雄叫《おたけ》びをあげた。汗がピタッと止まる。

可能な限り息を止めていると、威圧的な空気がなくなりふっと力が抜ける。

そおっと先程獣がいたほうを見る。そこには倒れる男達がいるだけだった。

ホッとすると同時に息を吐くと、止まっていた汗がぶわぁっと一気に流れ出した。

ずっと力を入れて固まっていた顔が元に戻らない。頭を触ると髪がゴッソリと抜け、見ると茶色かった髪が真っ白になってしまった。

あれはなんだ……人が手を出してもいいものなのか……

俺は震えながらどうにか逃げ出した。

◆

【ミヅキはどこだ‼】

俺は怒りを隠そうともせずに唸り声をあげる！

ミヅキの気配が少し乱れたので、名前を呼んだが反応がなかった。

急いでミヅキの働く店に駆けつけると、シンクがリリアンの上にとまり男達を近づけないように炎で結界を張っていた。

【シンク、ミヅキはどうした？】

【ミヅキがっ！　ミヅキがっ！】

シンクが気を乱してパニックになっている。声が届いてないようで近づけない。

俺がシンクの結界を蹴破ると、魔力が尽きたシンクはパタッと倒れ込んだ。

様子を窺《うかが》うと二人とも気を失っているだけのようだ。

シンクとリリアンを背中に乗せていると、ワラワラと邪魔な人間の男共が増殖する。

ミヅキに声が届かない。なにがあったのか知りたいのにシンクが気を失っている。

分からないことだらけで苛立ちが爆発しそうだった。

こんな奴《やつ》らに構っている暇はないと男達をギロッと睨むと、男達は腰を抜かし気絶した。汚くて臭い奴《やつ》らだ、失禁してる者もいる。

【ミヅキー！】

その場を離れ声をあげ続けるが、やはり反応がない。

どこにいるんだ！　気配も匂いも途切れている。

なんでいつもミヅキが狙われるんだ！　ミヅキを思うと怒りを抑えられそうになかった。

「ガオォォオオオン！！」

いつもならミヅキがいるだけで怒りは消える。だが今彼女はいない。

発散できない怒りを込めて、俺は力の限り雄叫《おたけ》びをあげた。

九　誘拐

「うーん……」

目を覚ますと私は、なんの灯りもない真っ暗な場所にいた。地面は冷たくゴツゴツしてかび臭い。

真っ暗でなにも見えない……

目を凝《こ》らしていると、少しずつ目が慣れて周りの様子が見えてくる。

窓はなくジメジメしていて寒い。どうやらどこかの地下室っぽい感じだ。

だだっ広い空間に横に仕切りのような壁がある。

立ち上がって周りを探ろうとすると……

「いたっ！」

足に鎖《くさり》が繋がれていて身動きが取れない。

見ると壁に鎖《くさり》が埋め込まれていて、ここから一定距離しか移動できなくなっていた。

「あれ？　新入りさん目が覚めたのかな？」

壁の向こう側から声が聞こえた！

「だ、誰？」

私は警戒して身を縮めると声がしたほうへ怖々《こわごわ》と話しかけた。

「……」

返事がない。あれ？　さっきは声が聞こえたのに……

「誰かいますかー？」

もう一度壁に向かって声をかけてみる。

「その声……ミヅキ……？」

名前を呼ばれた!?

「誰？　私を知ってるんですか？」

誰だか分からずに問いかける。確かにどこかで聞いた声のような気がするが……

「なんでこんなところにいるんだ？」

なぜか怒った声で問い返された。

「えっと……なんか男の人達に捕まりました……ここどこですか？」

「はぁー」

盛大なため息が聞こえる。本当に誰なんだ？　私はその声に集中する。

「まだそんなことしてんのか？　前ので懲《こ》りたんじゃないのか？」

「………？」

前？　それって前に誘拐されたこと？　もしかして……

「デボットさん⁉」

驚いて思わず立ち上がると、ガチャッ！　とまた足枷《あしかせ》が邪魔をする。

「いたーい！」

足枷《あしかせ》が足にくい込み傷がついた。押さえて痛みをこらえる。

「なにやってんだ！　じっとしてろ！」

デボットさんの焦るような声がした。

「デボットさんこそ、こんなところでなにしてんの？　なんか遠くの危険地帯に駆り出されたって聞いてたのに！」

デボットさんは町にいた時に私を誘拐した、奴隷商人のお兄さんだ。捕まって奴隷落ちになったが罪を償《つぐな》い心を入れ替えたと聞いていた。

「まぁ色々あってな。今は昔の知り合いの商人に買われてここに連れてこられたんだ。ミヅキこそなんでまた捕まってんだ？　あの強い従魔はどうした？」

デボットさん、なんだが口調が変わってる。前はもっとわざとらしい感じで喋っていたのに商人ぽくなくなったなぁ……

「ふふ……」

絶望的な状況なのに、デボットさんに会えたことが嬉しくてつい笑ってしまった。

「なに笑ってんだ！　お前ここがどこか分かってんのか？」

デボットさんが緊張感のない私を怒っている。

「ああ、そうだった！　ここってどこ？　なんか変な人に襲われたんだよね、皆心配してるかなぁ……そうだ！　シルバ呼ばないと！」

きっと心配してるよね！　色々思い出して、一気にまくし立てる。

「そうだ。シルバって言ってたな、あいつをすぐに呼べ」

デボットさんもいい考えだと賛同する。

【シルバ！　シンク！】

呼びかけたけど返事がないので、もう一度慎重に声を送る。

【シルバ？　聞こえる？】

しかし、なんの反応も返ってこなかった。

「どうしよう……なんか声が届かないみたい」

「ミヅキ……お前魔法は使えるか？」

デボットさんが急にそんなことを言ってきた。

「え、魔法？　使えるよ」

「なんでもいいから使ってみろ！」

「じゃ、暗いからライト!!」

一番簡単な、初めて覚えた魔法を使うが、なにも起こらない。おかしいなと思い落ち着いて魔力を集めようとしてみたが、やはり上手くいかない。

「デボットさん！　魔力を感じないよ！」

驚いたことに、魔法が使えなくなっていた。

「やっぱりそうか……この地下、特殊な細工がしてあるみたいだな、俺も試したがまったく魔法が使えないんだ」

だから従魔達にも声が届かないのかもしれないと言われる。

「ど、どうしよう！」

「落ち着け！　お前だけでも逃がせないかなにか考えてみる。とりあえず俺達が知り合いだってことバレないようにしろ！」

「えっ？　なんで」

「知り合いだってバレたら部屋を離されちまうかもしれない。状況を把握できないと身動き取れないだろ！」

「わ、分かった。でも私だけ逃がすとかやめてよ！　逃げるなら一緒に逃げよう！」

こんなところでデボットさんと別れるなんて心細い！

「いいからお前は自分が助かることを考えろ」

そんな話をしていると、ギィィーッと上のほうで扉が開く音がする。カッツーンカッツーンと冷たい足音が響く。誰かが階段を降りてきているようだ。

デボットさんのほうからはもう音がしない。きっと喋るなということだろう。

私は身を縮めて壁際に寄ると様子を窺《うかが》う。足音はどんどん近づいてくると、私の前で止まった。

「立て」

この声、私を捕まえた人の声だ！

顔をそっとあげるとそこにはフードを被ったボロボロの男が立っていた、そして、彼はそっとフードを取った。

「っ⁉」

その顔を見て、目を見開く。目の前の男の顔はツギハギだらけで、目と鼻と口とがアンバランスについている。頭も髪がほとんど生えてなく、まばらになっていた。

まるで映画やテレビでみるゾンビのようだ。動いて喋っているのが不思議なくらい痛々しい姿をしている。

「あなた……それ、どうしたの？」

私はあまりに惨《むご》たらしい姿に、捕まった相手だということも忘れて問いかける。

「……」

目の前の男はなにも答えなかった。

「おい！　お前、ここから出してくれよ！」

デボットさんが横から声をかけるとピクッと反応した。

「お前、そこ、いろ」

そう途切れ途切れに言うとまた私のほうを向いた。

「そいつより、俺が先だろ！　おい、こっちにこい！　このツギハギ野郎！」

デボットさんが更に騒ぎ、大声をあげる。

「うるさい」

挑発に乗らず相手にもしない。そして男は一歩一歩、私に近づいてきた。

私は思わず後ずさりするが、鎖《くさり》と壁のせいでほとんど動けない。

「こ、来ないで」

鎖《くさり》が届くギリギリのところまで下がって震える声で拒否すると、デボットさんが慌てて更に騒ぎ出した。

「やめろ！　そいつに手を出すな！　殺《ヤ》るなら先に俺にしろ！」

声が聞こえていないのか、男は構わずにツギハギだらけの手を伸ばして私の足を触ろうとする。

私はギュッと目を閉じて、体に力を入れて身構える。

しかし、その手は私の足を通り越して足元にあった布を掴んだ。そしてそれを引っ張ると、壁際に行き、布をだき抱えて寝っ転がる。私は力が抜けて、座り込んだ。

「どうした!?　大丈夫か？」

デボットさんが慌てて心配そうに話しかけてくる。

「だ、大丈夫。なにもされてないよ」

とりあえずデボットさんに無事だと声をかけると、ホッとしたようだった。

「あなたは誰なの？」

私はなにもする気配のない男に優しく話しかける。すると、彼の肩が揺れた。

「お名前……教えて？」

「……オイ」

返事した！

「オイ……て言うの？」

私の言葉にコクッと頷く。その反応は小さな子供のようだった。

「ここはどこ？」

「ここ、家」

こんなところがお家？　酷い場所だ。そしてなにより、この傷だらけの体も気になる。

「なんでこんなところにいるの？　もっと違うお家は駄目なの？」

「ここいろ、言われる」

誰かに命令されてここにいるようだ。

「ミヅキ……もう構うな。そいつはもう長くないから……」

デボットさんが静かに声をかけてきた。

「デボットさん、なんか知ってるの？」

驚いて聞き返す。

「多分……人体実験をされた子供だと思う……ここの奴《やつ》は本当にクソみたいなクズだから」

嫌悪を隠そうともせずに吐き捨てる。

「人体実験？」

だからこんなにツギハギだらけなの？

「そんなことできるの？」

そんな技術力がこの世界にあるとは思えなかった。

「分からんが現にそいつは動いてる……だが所々腐《くさ》ってきてるだろ？」

そう言われてじっと見てみると、確かに繋ぎ目がぐじゅぐじゅになっていて膿《うみ》のような汁が垂れていた。あまりにも可哀想だ。

だが、どうすることもできず、私は立ち尽くすしかなかった。

◆

「ブスター様！　ようやく赤髪の子供を捕まえましたよ！」

オイと様子を窺《うかが》いに行かせた従者が嬉々として駆け込んできた。ようやくか！

あの赤毛の女の子のことを思うとニヤニヤが止まらない。

「とりあえず地下に閉じ込めておきました。魔法が使えるようなので気をつけてください！」

「大丈夫だ、あの地下は魔力を使えないように魔法陣が埋め込まれている。それで、あいつはどうした？」

周りを見るがオイがいない。またあの地下に戻ったのか？

「あのフードの男ですか？　なんか家に帰ると地下に潜って行きました……呼び止めても反応がなかったので……」

従者はおどおどと言う。いつもなら蹴飛ばすところだが、今はとっても気分がいい。

「ならいい、ご苦労だったな！　褒美は後でやるからとりあえず休んでろ！」

従者は嬉しそうに頷くと部屋を出ていった。

まずはあの子だ！

俺は部屋を飛び出すと、舌なめずりをして屋敷の地下室へと足を進めた。

「ブスター様」

すると途中で、ちょうど屋敷に来たビルゲートが声をかけてきた。

「ああ、ビルゲート。あの奴隷は地下に閉じ込めてあるぞ、いつまで置いとくんだ」

気分がいいのでつい口元が緩む。

「ブスター様、なんかご機嫌ですね？」

ビルゲートが笑いながら聞いてくるので教えてやった。

「いや、ちょっと気になっていた子が手に入ってな」

「ああ、前に言ってた子供が手に入ったのですか？　運のいいことで」

ビルゲートがすっと目を細めて言う。そして、なにかを思い出したかのように口を開いた。

「あれ、もしかして地下使いますか？　あの奴隷を動かしたほうがいいなら退かしますけど……」

「あー大丈夫だ、いざとなったらその子を動かすから、奴隷はしばらく置いとくか？」

「頼みます。考えが変わるまであそこに入れておきたいので……」

ニッコリ笑う姿は人の好い商人のそれだ。発言は人非人でしかないが。

「お前も大概だな！　ヒャヒャヤ！」

じゃあなと軽く挨拶をして、今度こそ地下に向かった。

◆

――ふざけんな！　お前みたいな変態と一緒にするな！

私は気分を害したまま建物を出た。

捕まった子供も可哀想に。あんな変態に目をつけられたのが運の尽きだな。だが別にどこの誰が犠牲《ぎせい》になろうと私には関係ない。

それよりも、もう少し頼りになる冒険者を雇わなければ。そう思い、ギルドに向かう。

「おい！　ビルゲート！」

その時、どこからか私を呼ぶ声が聞こえた。キョロキョロと周りを窺《うかが》うと、家の隙間の狭い路地から男がチラッと姿を見せて手招きしている。

警戒しながら近づいていくと、そいつはこの前まで雇っていた冒険者のライアンのようだった。

なんだ……こいつか……

私はあからさまに顔を顰《しか》めた。わざと嫌味ったらしく声をかける。

「なんですか？　もう二度と顔を見せないで欲しかったんですけどね」

「あの子を見つけた」

誰に聞かれているわけでもないのに、ライアンはボソボソっと話す。

ほう！　少しは使えるようになったのかな？

「それで？」

「言えばいくら貰える？」

ライアンの目は血走っていて、なにかに怯《おび》えているようだ。フードを目深《まぶか》に被り、周りをキョロキョロと探っている。

「情報が真実かも分からないのに金なんか払えませんよ。それでどこにいるんですか？」

「場所は分かっている。確かだ！　それより金がいる、俺はもう王都を出たいんだ！」

ガタガタと震えて怯《おび》えている。チラッと見える顔が二日前とは比べ物にならないくらい老け込んでいた。ついこの間まであんなに堂々と勝気な態度だったのが嘘のようだ。

「なにかあったんですか？　そんなに怯《おび》えて」

そう聞くが、こちらの問いには答えない。どうでもいいからと金を催促される。

怪しい……なにか隠してるな……

「じゃあ一緒に確認に行きましょう。確認でき次第お金をお渡しします」

「いくらだ！」

「約束の銀貨六枚でいいですか？」

少し悩んでいるようだったが、ライアンは渋々頷く。本当に余裕がなさそうだ。

「それで？　どこですか？」

ライアンが私の後ろを指さした。

「は？」

私は後ろを振り返る。そこには先程出てきたブスターの屋敷しかない。私は訝しげにライアンを見る。

「ここだ」

しかし、ライアンは至極真面目な顔で屋敷を指さしている。

「そこに入っていった、赤髪の子供があの黒髪の子なんだ！」

「赤髪の子？　もしかしてブスターが手に入れたという子供があのミヅキって子なのか！」

「そうだ！　髪をどういうわけか赤くしていたんだ。しかも獣人の耳なんかつけて……だから見つけられなかったんだ」

なぜそんなことをしたのかは分からないが、変装をしていたとは。見つからないわけだ。

「しまった！　さっきブスターが地下に……」

今から追いかけて間に合うか？　それに、あれだけ気に入っていた子供を奪うのは無理かもしれん。

あの牛乳を売っていた村での話を思い出す。収納魔法に料理の知識。ブスターを魅了する容姿。

やはり欲しい。ここで諦めるのは勿体ない。ダメもとで行ってみるか……

「確認してくる。金は少し待て！」

そうライアンに投げかけると、私は叫ぶ声を無視して急いで地下へ向かった！

◆

「クソー！　行くなら金を払っていけよ！」

俺は屋敷に急いで向かったビルゲートに怒鳴りつけた！

しかし、ビルゲートは振り返りもせずに屋敷の中へと消えていく。

ふと周りを見ると、道行く人が怪訝《けげん》そうに見ていたので急いで路地に体を隠す。

どうも気持ちが落ち着かない、じっとしていると、あの従魔の瞳と地を這《は》うような唸り声が迫ってくる気がする。

もう帰ろう……ここに居たくない。

あの従魔の獣を見た後に思ったことはそれだけだった。しかし、金がない……

仕方がなくこの情報を売って、早々に王都を出る為にこうしてビルゲートのもとへ来たのだ。すると偶然、途中であの汚い布を纏った男達を見つけた。

大きな布を抱え、人目を避けてどこかに向かっていた。布の隙間からあの赤い髪の毛が見えた。

もしかしてあの子か？　ふふ、やっぱり俺は運がいい。

そうして気づかれないように、男達の後を追い、タイミングよく、ビルゲートも見つけて後は金をもらってトンズラするだけだったのに……早く確認して戻ってこい！

俺はビルゲートが入っていった建物を前に、落ち着かず足を鳴らしながら待っていた。

◆

私はどうやらこのオイという人に誘拐されたらしいが、彼の姿が痛々しくて気になった。

「誰にそんな酷いことされたの？　痛くない？」

思わず攫《さら》われたことも忘れてそう尋ねると、オイはじっとこちらを見つめる。

私も目をそらさずにその目を見つめ返した。

「温かい、魔法」

オイがなにかを伝えようとしている。急かさずにゆっくりと頷き、次の言葉を待った。

「あの、魔法、かけて」

魔法をかけて欲しい？　温かい魔法？

「なにか魔法をかけて欲しいのかな？　ごめんね……今は魔法が使えないんだ。ここから出たらやってあげる。だからここから出してくれる？」

そう言って笑いかけると、オイはコクンと頷く。言動はやはり小さい子供のようだった。

オイは起き上がって私に近づいてきた。今度は逃げずに待っていると、その時、足音と共に不快な声が響いた。

「おい！　そいつに近づくな！」

オイはその声に肩を震わせ、歩んでいた足を止め、一歩下がった。

「お前の汚い手でそれを汚すな!!」

この声は……

私は声のするほうを振り返る。そこにいたのは、なんちゃってホットドッグの屋台の前で会った、あの気持ち悪い目つきの商人だった。

男はオイにズカズカと近づき、壁際に蹴とばした！

「酷い！」

オイの側に行こうとするが足枷《あしかせ》が邪魔をして動けない。ガチャガチャと引っ張ってみるものの、壁に埋め込まれた鎖《くさり》はビクともしなかった。

「やめて！　その子がなにをしたの！」

私は、抵抗しないオイを蹴り続ける商人を睨みつける。男は蹴るのをやめて私に視線を寄越す。

こちらを舐め回すように見つめてニタニタと笑った。

「こいつに連れてこられたのに、庇《かば》っちゃうの？　ヒャヒャ！　こいつは可笑しい、とんだお人好しだ！　いいかこいつは俺のだ、俺がなにしようが俺の自由なんだよ！」

そう言うともう一度オイを蹴りあげる。

「俺の？　無理やり奴隷にでもしたんでしょ！」

サイテーだ！　私は軽蔑の眼差しで商人を睨みつけた。

「いや、奴隷じゃない。こいつは一応俺の子だ！」

ニヤッと笑いながら信じられないことを言った。

俺の子？　俺の子供？　……自分の子供を人体実験に使ったの？

男の言った意味を一瞬理解できなかった。こんな親がいるのだろうか？

「自分の子供なのに……こんな酷いことをしたの？」

そんなことを自分の子供にできる親がいるの？

「俺の子供っていっても、奴隷の女が勝手に産んだんだ。魔石の実験で子供が必要だったからちょうどよかった」

ヒャヒャヒャヒャと胸糞悪い笑い声をあげる。

「……この子のお母さんは？」

「こいつを産む時に死んだよ。それがどうした？」

人のことを人と扱わない。こんな奴《やつ》がいるなんて……

「なんで……こんな酷いことができるの？」

「酷いこと？」

男はきょとんとして首を傾げる。

「そいつは親である俺の役に立つ義務があるんだ。なのにこいつときたら魔力も持ってない愚図《ぐず》だった。だから俺が魔法使いにしてやったんだよ！　こいつより優秀な人間の部位をくっつけて、魔力を使える体にしてやったんだ。凄いだろう！」

男が誇らしげに言うのを見て、正気かと疑う。

「人間同士をくっつけるなんてできるわけない」

そんな技術がある訳ない！

「まぁ普通は無理だ、だけどコイツは……」

商人の男がオイを立ち上がらせると服を破いた。はだけたオイの胸元には拳大の黒い石が埋め込まれている。

「この魔石のおかげで、手も足もくっつけることができたんだ！　こいつの魔法は凄いぞー！　人の魔力を吸い取ることができるんだ。その代わりにこんな化け物みたいになっちまったがな。代償で成長することもないが……まぁ問題ないだろ。人間じゃないしな！」

下衆《げす》な男が、ここにきて一番の笑顔を見せた。

「……え……が……だ」

「はっ？　なに言ってんだ？　小さくて聞こえんぞ」

怒りのあまり声がかすれる。男が人を馬鹿にした顔で聞き返した。

「お前のほうが、化け物だ‼」

こいつのせいで酷い姿にされてしまったオイを思い、私は目に涙を溜《た》めて怒鳴りつけた！

「はぁあ？　なに言ってる？　こいつを見ろ、この顔を！　この体を！　誰がどう見ても化け物だろ？　なのに俺のほうが化け物だとぉ？」

男が不機嫌そうに顔を歪《ゆが》めて睨みつける。私も負けじと睨み返した。

「お前は人間の皮を被った化け物だ！　この子のほうが人間だ！」

許せなかった。子供を、しかも自分の子を道具のように扱い、当然のような顔をしているこいつが！

どうしてもその顔を一発殴りたくて、拳を握り前に出る。

金属音を立てながら足枷《あしかせ》を何度も引っ張る。足から血が出るが痛みはない。それよりこいつのことを殴りたい。

「やめろ！　落ち着け！」

その時、デボットさんが私が鳴らし続ける足枷《あしかせ》の音に気づき、声をかけてきた。

「あれ？　お前、この子知ってるの？」

男がデボットさんの行動に興味を示す。

「……さっき少し話した程度だ。それよりその子怪我してないか？　お前のものにするのに傷なんてつけていいのか？」

デボットさんが問いかけると、男は「確かに……」と私の痛めた足を見つめる。

「生意気な口をきくのはいいけど、綺麗な肌に傷がつくのは嫌だな……おい！　その子を押さえておけ」

男がオイに命令した。オイはのそっと起き上がると私の側に来て、体を押さえつけようと手を伸ばした。私は向かってくるオイを、両手を広げて受け止めた。

自分を押さえつけようとするオイを、逆に抱きしめ返す。胸の真ん中に埋め込まれた石を見ると、黒い渦《うず》が蠢《うごめ》いているような禍々《まがまが》しい魔力を感じる。

そっと手を添えて撫でるとほんのり温かかった。これがきっとこの子の心臓の代わりなんだろう。なんて悲しい色をしてるんだ……

私の知ってる『黒』は、もっと温かくて綺麗な色だ。ふわふわで、光を浴びてキラキラ光る太陽みたいなあの子の色だ。

その石を見ていると自然と涙が落ちる。

「おい！　あんまりその子を汚すなよ！　お前の腐《くさ》った臭いがついたら洗うのが大変だ！」

抱き合う私達に男が近づこうとする。その時、誰かが階段から降りて来て男に声をかけた。

「ブスター様！」

「……ビルゲート？　どうした、やっぱり奴隷を連れていくのか？」

降りてきた男がこいつのことをブスターと呼んだ。そうだ確かそんな名前だった。

ブスターは、ビルゲートと呼んだ男のほうへと歩き出した。

「いえ、ちょっとその子についての情報を手に入れたので、お耳に入れようかと……」

ブスターは仕方なさそうに、階段を上がって行った。

ブスターがいなくなり私は力なく抱きつくオイに話しかける。

「……オイ、もしかしてここに魔法を流して欲しいの？」

オイの胸の魔石を指さしながら尋ねる。オイはゆっくりと頷いた。

「ここ、痛い、寒い、……温かい、ほしい……」

オイが石を外そうと掴んでいる。そっか……

「オイにとってあの人はお父さんなの？」

今度はブスターがいた場所を指して聞いてみる。

「おとさん、ご主人様」

私はやるせない気持ちになりながら、首を横に振る。

「違う。お父さんは……親は子供に酷いことなんてしない。親は子供を抱きしめてくれるの。痛い時、寒い時、温かいぬくもりが欲しい時はこうやって抱きしめてくれるんだよ」

そう言ってオイを優しく抱きしめた。私のほうが小さくて、むしろ抱きついてる状態だが、オイの胸に顔を押しつけて優しく抱きしめる。

いつもシルバが、ベイカーさんが、皆が私を抱きしめてくれるように。私は、愛を持って抱きしめてあげた。

オイは最初ビクッと体を跳ねさせたが、しばらくして力を抜いた。

初めて優しく抱きしめられて戸惑っている。

「あったかい、なんで?」

「いやだった?」

私が聞くと、オイは少し考えて首を横に振った。そして不器用な手つきで、私を抱きしめ返した。

◆

「それで? あの子に関する情報ってなんだ?」

いいところを邪魔されて、ブスターは不機嫌な顔で私を見る。

「あの子、実は大変な価値があるんです……このまま潰してしまうのは勿体ないかと思いまして……」

私はこれ以上ブスターの機嫌を損ねないように、慎重に話す。

「今流行っているドラゴン亭ですが、多分メニューを考えているのはあの子だと思います」

それを聞いたブスターは目を見開いて驚いた。

「あんな子供が考えてるのか? しかし……思い当たる節がある。屋台のホットドッグもどきを食べた時に味の指摘をしていた」

ブスターの興味が子供に向いたことにニンマリと笑う。

「後は、凄い容量の収納魔法を持ってる可能性があります。だから商人としても価値があります」

更に畳み掛けたが、当のブスターは「ふーん」と今一つ興味を示さない。やっぱりこの変態には駄目だったか……

「なら。可愛がった後に商人として育てていけばいいや。いい子にしてるならずっと側に置いといてやるから」

気持ちの悪い笑みを浮かべる。

やはりこんなクズに潰されるのは勿体ない……しかし一度手に入れたおもちゃを手放す気はないようだ。まぁ飽きたところで手に入れてもいいかな。それまで壊れなければいいが。

私は頷くと気持ちを切り替えた。

「分かりました。一応価値があるということだけ覚えておいてください。楽しんでいるところを邪魔してすみませんでした」

こんな変態のもとは早々に離れたほうがいい。そう判断して頭を下げて出ていこうとすると、ブスターに呼び止められた。

「あー、あとやっぱりあの奴隷は連れてってくれ。なんか口を挟んできて邪魔なんだよ」

自分は色々と道具を用意してから向かうから、それまでに連れ出しておけと言われてしまった。

私は頷き、またあの気持ち悪い地下に向かった。

階段を降りると、赤髪の子供がブスターが作ったと言っていた怪物と寄り添っていた。

「よくそんな気持ち悪いものに触れられますね」

私はずっと捜していた、あの子供に話しかけた。

子供は不快感をあらわに私を見、そして首を傾げた。

「あれ？　どこかで……」

私の顔をうっすらと覚えていたか。一度町の商会で会っただけだというのに。しかし、私はそれに答えずにニッコリと笑うと、隣に繋がれている奴隷を指さした。

「私はこの奴隷を連れていきますので、ブスター様とごゆっくりお楽しみください」

そう言って、デボットのもとに向かった。

「えっ？　デボットさん連れてっちゃうの？」

子供は不安そうに聞いてくる。

「なんでだ？　しばらくここにいろって言ってただろう。俺はここが結構気に入ってんだ、もう少しいさせてくれよ」

デボットが、世間話でもするように私に言ってくる。

「ブスター様はあなたが邪魔みたいですよ、さっきなんか口でも出したんですか？」

そう聞きながら足枷《あしかせ》を外していく。

「手の拘束は……まぁいいかな？　どうせ一本だしなにもできないですよね？」

その言葉に子供があからさまに動揺した。

「一本ってなに？」

私に聞いているのかと思ったがどうやらデボットに尋ねたようだった。

だが答えはない。向こうからは見えない壁のこっち側でデボットは顔を歪《ゆが》めていた。

私に言われた時はなんでもない顔をしていたのに……

その顔が面白くて、悪戯心が湧いた。

「この奴隷さん、腕が一本ないんですよ。前の仕事場で落としてきちゃったみたいですよ。ほら！」

引きずって子供に見せようとするが、デボットは必死で抵抗する。

構わずにズルズルと引っ張って子供の前に放り投げた。子供が目を見開く。

「デボットさん……それ……」

デボットの体は右腕が肘からなくなり、顔には大きな傷痕が顔の半分を覆っている。その傷のせいで目が一つ完全に閉じていた。

デボットは顔を背《そむ》けていたが、仕方なさそうに子供のほうを見た。

「あれぇ～もしかして本当にお知り合いだったんですか？」

二人の反応を見てわざとらしく笑う。

「デボットさん……その腕……それに顔と目は？」

「ああ、ちょっと戦場に駆り出された時にな。まぁ……色々あったんだよ。だけど死んでないぞ！俺は生きている！　この傷はまぁ罪を犯した罰なんだよ。だからいいんだ」

そう言って片目しかない顔で笑った。

初めて見るデボットの優しい笑みに驚きながらも、子供の様子を窺《うかが》う。

子供は悲しそうに唇を引き結んでいる。どうもこの二人には関係がありそうなだ。

「ふーん、もしかしてなんか約束した相手ってこの子なんですか？」

「いや、こいつじゃない。さすがにこんな子供と約束なんてしないさ」

デボットはなんでもない顔をして誤魔化すが、子供はあからさまに動揺している。

ジロッと見つめると身を固くして目を逸らした。嘘をついてる奴《やつ》の反応だ。

「あはは、この子は嘘が苦手みたいですよ！　デボットさん、あなたの大切な約束の相手、今日で壊れちゃいますよ。あのブスターに目をつけられて捕まった時点で詰んでますがね。ああ、勿体ない」

笑い終えて外に出ようとすると、デボットが抵抗し出した。

「待て！　分かった……俺は一生お前に従ってやる。だからミヅキを、この子を助けてやってくれ」

デボットが必死に提案してきた。

デボットにここまで言わせるこの子は……ヤバい……本当に欲しいな。この二人がいれば私は貴族になるのも夢じゃないかも。

私は考えた。ブスターを撒《ま》いてこの子を手に入れても、あのクズは絶対追いかけてくる。自分のものを取られるのを一番嫌うからな。やっぱり割に合わないな……

「魅力的な提案ですが、残念ながら答えは『いいえ』です」

全然残念じゃなさそうに笑ってやった。

「デボットさん、そんな提案しなくていいよ！　私は大丈夫！　それにそんなことしたら、私との約束どうするの？」

子供は微かに震える手をギュッと握りしめ、平気だと笑った。

◆

ビルゲートのせいで、傷ついた体をミヅキに見られた。

こんな体を見せたら目を逸らすだろうと思っていたが、ミヅキの反応は違った。泣きそうな顔でしっかりと、あの大きな瞳で見つめてくる。

俺は自分を条件に、ミヅキを助けてくれと提案したが失敗した。このクソ男は昔っから嫌な奴《やっ》だったが変わっていないようだ。

頭をフル回転して考えるものの、なにも浮かばない。

すると、ミヅキのほうから大丈夫だと言ってきた。

だからお互いに諦めないで抗おう！

ミヅキの目がそう言っている。まだ全然諦めていない。しかし、微かに手が震えていた。

コイツは……自分のほうが絶望的なのに、それでも俺を励ますのか。

あの力強い瞳がまた見られるとは……

俺はミヅキと離され、ビルゲートに引きずられ地上へ連れてこられた。

抵抗をやめて大人しくビルゲートの後を歩く。

「なぁ……条件を変える……あの地下の魔法を封じている印を解除できないか？」

魔法さえ使えれば……あの従魔さえ来れば……

俺はなるべく冷静にビルゲートに話しかけた。

「ああ、魔法陣ですよね……まぁそれならできないこともないかな」

ビルゲートが思案げに答える。

「お前の都合のいい条件でいい！　それに絶対に従う、だからその魔法陣を解除してくれ」

俺は座り込むと地面に頭をつけた。

「まぁ、それでこいつが一生使えるなら安いものか。ついでにあの子が上手く逃げればこいつをだしに手に入れられるかもしれない……」

ビルゲートはブツブツ言いながら考えている。なるべく刺激しないようにじっと待っているとビルゲートが頷いた。

「分かりました。それくらいならいいでしょう。これが済んだらあなたは一生私の奴隷ですよ」

「構わない」

すぐさま了承する。俺に迷いはなかった。

「では、ちょっと待っていてください。逃げたら分かってますよね？」

俺は頷く。逃げる気などさらさらないので大人しくしていると、ビルゲートが屋敷の奥へ走っていった。

しばらく待っているとビルゲートが戻ってきた。

「それで……解除はできたのか？」

なにも言わないビルゲートに歩きながら詰め寄る。

「あと十五分くらいで解除される。その間にできるだけ遠くに行っておきますよ」

そう言って早足で歩き出した。

外に出て行くと、小汚い男がビルゲートに気がつき、焦って向かってきた。

「お、おい、どうだった？　情報通りだっただろ？　は、早く金を……」

なにやら慌てていて、金を金をと両手を出してせびっている。

「ああ……まぁいいでしょう」

ビルゲートは嫌悪感を示しながら一歩離れて、懐から金を出し男に渡した。男は金を受け取ると中身を確かめもせずに走り去った。

「なんなんだ？」

あっという間の出来事に訳が分からず唖然《あぜん》とする。だが、ビルゲートは構わず反対方向へ歩き出した。

十　喧嘩《けんか》

俺は気を失ったシンクとリリアンを背中に乗せてドラゴン亭に向かった。

いつもならミヅキの為に配慮するが、今は構わずに全力で駆ける！

風圧で周りの建物に被害が出ようが構わない。それよりも優先すべきことがあるからだ。

「ガルゥウゥ！」

店の前でシンクとリリアンを降ろし、中の奴《やつ》に知らせるべく大声で吠えた。すると店の中から人間達が飛び出してきた。

「シルバ！」

ベイカーが真っ先に駆け寄ってくる。

「シルバ！　取り敢えず落ち着け！　お前の殺気で周りの奴《やつ》らが倒れてる！」

ベイカーの言葉に人間達を見ると、真っ青になってガタガタと震えていた。

フン！　それがどうした！　こんな奴《やつ》らのことなどどうでもいい！

俺が殺気を抑えないので、ベイカーが怒り出した。

「おい、お前がここまで慌てて怒り狂うってことはミヅキになにかあったんだろ？　お前がそうやって怒ってることで、ミヅキの情報が得られなくなるかもしれないんだぞ！　そんな時こそ俺達は冷静でいなくちゃならない！」

ベイカーが性懲りもなく俺に殺気を向けた。殺気を向けられたことで更に怒りが膨れ上がる。

「グゥルウウウウゥッ!!」

人間の分際で俺に敵うと思っているのか!!

ベイカーに怒号を飛ばす。周りにいた女子供は気を失い、男達は腰を抜かした。

しかしベイカーは俺を睨みつけ剣を構えた。

睨み合う俺達の間に沈黙が流れる……

先に動いたのは俺だった。ゆっくりと前足を上げて振り下ろし、風魔法を繰り出す。風の刃がベイカーを襲った。だが、ベイカーは剣で風の刃をいなした。軌道が逸れた刃ははるか後ろの建物の屋根を破壊する。

そして、剣を水平に持ちかえたベイカーはそのまま斬り込んでくる、俺は軽く後ろに跳ねるが、避けたと思った剣先が僅かに触れハラハラと体毛が宙を舞った。

「ガルゥウゥッ！」

【俺に触れていいのはミヅキだけだ‼　調子に乗るなよ小僧！　風弾！】

空気を圧縮した塊《かたまり》をベイカーに投げつける。ベイカーは見えない弾を上手くかわしていた。隙を見て俺はその後ろに回り込み、爪でベイカーを切り裂いた！

ベイカーが身を翻《ひるがえ》し剣で防ごうとするが、力負けして吹き飛び、地面に叩きつけられる。

「グッハッ！」

倒れ込むベイカーを見て、上体を低く構える。

ドンッ！　足を踏み鳴らし爆音と共に地面が沈むと、ベイカーを目掛けて突っ込んだ。

ベイカーは地面を背に、剣を盾に俺の爪を受け止めた。が、ジリジリと押され始める。

ベイカーの背中が地面にめり込んでいき、ミシミシと骨の軋《きし》む音がする。

俺は顔を少し上げ牙を突き立てようとする。その時、気配に気づき後ろに避けた。見ると、ベイカーの周りには炎の盾ができている。

【なにをする！　シンク！】

俺は炎の盾を作ったシンクを睨んだ。

気がついたはいいが、どうやら奴《やつ》はベイカーの味方をするようだ。

【シルバこそなにやってんの！　なんでベイカーと戦ってんのさ！】

シンクがベイカーの前に降りたった。お互いに鋭く睨み合う。

【シルバ！　こんなことして、後でミヅキに絶対怒られるからね！】

シンクが嫌なことを言いやがった。

【お前こそミヅキの側にいながらなにをしていた！　なぜちゃんとミヅキの側にいない！】

するとシンクが泣きそうな顔をして項垂《うなだ》れる。

【ミヅキがそう望んだから……リリアンを守って欲しいって。僕だってミヅキの側を離れたくなかった！】

【なら側にいればよかっただろ！】

【ミヅキが言ったんだ！　僕とシルバのこと、大好きだって！　信じてるって！　だからリリアンを、皆を守ってって！】

シンクが叫びながら魔力を練り上げ、自分の体に炎を纏った。

俺はピクリとも動かず、その様子を眺める。シンクは更に続けた。

【だから僕はミヅキが望んでるように、ここの人達を守る！　たとえシルバが相手でも！】

炎を纏ったシンクの体がみるみる大きくなっていく。

【シルバなんかミヅキが帰ってきたら一人で怒られちゃえばいいんだ！　ベイカーとシルバが喧嘩《けんか》したなんて知ったら絶対にミヅキは悲しむよ！　嫌われたって知らないからね！】

【俺に勝てるとでも思っているのか？】

【僕の力ではシルバに敵わないことは分かっている！　でも、今できる全力でシルバにぶつかってやる！　これでシルバが目を覚まさないなら……きっとミヅキが泣く未来しか待ってないからね……】

【――っ】

その言葉は俺の胸を貫いた。シンクは覚悟を決めた顔で、大きく翼を広げた。

【鳳炎舞《ほうえんぶ》！】

次の瞬間、巨大な炎の渦《うず》が踊りながら迫って来た！

【えっ⁉】

シンクが驚き、こちらを見つめる。

俺は抵抗する気はなかった。迫りくる炎を目を閉じ、甘んじて受けとめた。

【シルバ！】

シンクの慌てた声が聞こえる。そして纏っていた炎がみるみると小さくなった。

シンクは焼け焦げた俺の体に降り立った。

【シルバ……なんで避けなかったのさ！】

シンクが馬鹿と言いながら俺のことを突《つ》く。焼けた体にシンクのくちばしが染みる。

【頭を冷やそうと思ってな……】

やっといつもの冷静な自分に戻れた。

【そんな姿見せたら……ミヅキが悲しむよ……】

シンクが申し訳なさそうに、焼け焦げた肌を今度は優しくついばんだ。

【フフッ、だけどこれで怒られるのはお前も一緒だ】

俺は不敵に笑った。怒られるなら一緒だ、俺達は一蓮托生《いちれんたくしょう》だからな。

シンクは一瞬呆けると、ハッとする。

【あー！　狡《ずる》い！　だから攻撃を受けたんだー！】

シンクは卑怯《ひきょう》だ！　と俺の体を突いて回った。

【それより……ベイカーを診てやってくれ……】

俺は体を引きずってベイカーのもとへと向かう。ベイカーは地面に埋もれたままピクリとも動かなかった。俺はベイカーの服を噛むと地面から引き上げる。

シンクがベイカーの腹に乗ると淡く光り、その光がベイカーの体を包む。すると、ベイカーの指が動いた。

「う、うん……」

頭に手を当ててベイカーが上体を起こした。

ベイカーは腹の上に乗るシンクに気がついて、目を瞬かせた。傷がなくなっているのが不思議なようだ。俺はベイカーの横に気まずげに座った。

ベイカーは俺を見て、先程のことを思い出したようだ。

「お前……！　本気でやりやがったな！　俺じゃなかったら死んでたからな！　ふざけんなよ！」

俺の前に立ち、憤然と見下ろす。

「まったく！　ミヅキのことになると我を忘れるんだから。後でミヅキに怒られるからな！」

それを言われると困る……シンクにも言われたし。

ミヅキに怒られることを想像してしゅんと耳を垂らした。そんな俺の様子にベイカーが「ぶっ！」と噴き出す。

「こんなに強いのに本当ミヅキの名前を出しただけで形無しだな。まぁ今回のことはシンクに免じて黙っててやる。一個貸しだからな！」

ベイカーの言葉に俺はハッと顔を上げた。シンクを見ると、仕方ないとでも言うように頷いている。

俺は垂れていた耳と尻尾をピンッと立てた！

すると、調子いいんだからと二人に苦笑いされてしまった。ベイカーとシンクのおかげで自分を取り戻すことができた。俺の殺気が収まったことで周りの人間達が動き出した。

「お、おいあんた。その獣の側にいて大丈夫なのか？」

店の客達がベイカーに声をかけた。先程死闘を繰り広げていたのに、もう平気な様子で側にいることが信じられないようだ。

「ああ、びっくりさせてすまない。もう大丈夫だから。ちょっと苛立ってたけど今は落ち着いたよ」

ベイカーがそう笑いかけるが、皆は怯《おび》えた様子で俺を見ている。見慣れた景色だ。

しかし、ミヅキと会ってからはそうではなかった。

「だいたい、その獣、あんたの従魔だろ？　言うことを聞かないなんて平気なのか？」

他の人達も頷き合っている。

「あー……こいつ……俺の従魔じゃないんだ」

ベイカーが言いにくそうに顔を顰《しか》めた。暴れてしまったことで、黙っている訳にはいかなくなったようだ。本当のことを話すつもりらしい。

「こいつはミヅキの従魔なんだ」

周囲にいた人間達に動揺が走った。

「ミヅキちゃんの？」

「まさかその鳥もか？」

皆が口々に嘘だと言う。

「本当だ。ミヅキの言うことにはなんでも従う従魔だよ。気持ちは分かるだろ？」

ベイカーはやや冗談めかして言う。皆は、確かにと納得する。

「それでなんでミヅキちゃんの従魔が暴れてたんだ？　肝心のミヅキちゃんはどうした？」

「それは……」

ベイカーも詳しいことは分からないので黙ってしまった。

ここには俺達の言葉が分かる奴《やつ》がいないから……

しかし俺達の様子から、ミヅキになにかがあったことは感じているようだ。どうやって伝えようかと迷っていると、突然声が響いた。

「ミヅキが攫《さら》われたの！」

皆が振り向くと、リリアンが立ち上がり必死な顔で叫んだ。

「さっきそこの路地で私とミヅキが男達に襲われたの！　その時に私が捕まってしまって……ミヅキは私を逃がそうとしてくれて、男達に連れて行かれたんだと思うの！　誰かお願い、ミヅキを、娘を助けて！」

リリアンの言葉で、心がまたざわめき出した。

「ミヅキちゃんが攫《さら》われたって本当か？」

「襲われた？　怪我は？　誰に⁉　どこに行ったんだ？」

「こんなところでつっ立ってる場合じゃない！」

「皆！　ミヅキちゃんが攫《さら》われた！　街中、草の根を分けてでも捜し出すんだ！」

ドラゴン亭の常連になっている客達が騒然とする。

「私にもお手伝いさせてください！」

すると綺麗な服を着た貴族のご婦人が前に出て叫ぶ。

「リプトン子爵夫人？」

「私はあの子に返しきれない恩があります。今こそあの子の為にできることをしたいのです！」

そう言うと、彼女は従者達に指示を飛ばす。

「我が家の名を使ってこの人達に協力なさい！　私は主人に事情を話してきます！　貴族にはきっと動いてくれる方々もいるでしょう」

唖然《あぜん》としていた皆の顔に赤みがさす。よく見ればあの女、ミヅキを馬鹿にしたことで周りの貴族達から総スカンをくらって泣いて謝りに来た奴《やつ》だ。

「よーし！　貴族様のお許しがでたぞ！　皆ミヅキちゃんを捜すぞー！」

「「「「おー！」」」」

人間達は一斉に雄叫《おたけ》びをあげ、街中、方々に駆け出す。

【ねぇ、なんでミヅキに念話が届かないの？】

そんな中シンクが寂しそうに問いかける。

【……分からん、この王都の中にいるなら届くはずなんだが……】

ミヅキ……一体どこにいるんだ……

俺達は愛しいミヅキに念話を送り続けた。

◆

や、やばい！

俺はビルゲートから金をひったくり、王都の外に向かって力の限り走っていた。

先程からあの獣の殺気が肌に突き刺さって体が震える。もつれる足を前に出しどうにか走っていた。

すぐにこの王都から出たかった。

息は切れ切れだが、休むことなく走り門に辿りつくと門番にしがみついた。

「頼む！　早く行かなきゃならないんだ！」

慌ててギルドカードを見せ、門を通り抜けようとする。

「ちょっと待ってください！」

と門番達に止められてしまった。

「なにをそんなに慌ててるんですか？」

気持ちを鎮めようとするが、恐怖心で貧乏揺すりが止まらない。

ギルドカードを預かった門番が、それを確認するなり顔色が変わった。そして、その場から離れた。

「どうしたんですか？　さっきから落ち着きない様子ですが。えーとB級冒険者なんですよね？　名前はライアンさんで間違いないですか？」

もう一人の門番が顔を覗き込み質問をしてくる。

「そうだ！　ここでの依頼が終わったから町に帰りたいんだ！　早く通してくれ！」

ギルドカードを返せと手を出すと、ガッ！　と横から腕を掴まれた。

ビクッとして手を引くがビクともしなかった。

誰だ？　と横を見ると、そこには見知った奴《やつ》がいた。

「コ、コジロー？」

かつてのパーティメンバーで、嘘をついて追い出した男が自分を睨んでいた。

「な、なんでお前がここに？」

訳が分からず聞く。

「お前を追ってきたんだよ」

そう言うなり、コジローは俺の両腕を後ろで縛《しば》りつけた。

「さぁ、ギルドに戻ろうか？」

コジローは俺を引っ張ると門番達に礼を言い、歩き出した。

「や、やめろ！　俺は王都から出たいんだ！」

暴れるが、コジローは顔色一つ変えずに俺を押さえつける。

こいつ、こんなに強かったのか……

「なんの権限があってお前は俺を捕まえるんだ！」

理由もなく捕まるなんて納得できるか！　俺はコジローを睨みつける。

「お前……あの町でしたことが誰にもバレてないとでも思ったのか？」

コジローが以前からは想像もできない、冷たく厳しい顔をする。

俺はなんのことか分からなかった。

「今までお前が潰してきた新人冒険者が何人いると思ってるんだ！　ふざけるな！」

コジローが凄まじい怒気を向ける。いつも俺の後ろでオドオドしていた男とは思えず、俺は唖然《あぜん》としてた。

「お前が新人を使って金を集めさせていたことは調べがついているんだ！　しかも捨て駒のように新人達を扱っていたな！　オレはお前を捕まえる依頼を受けて町から追いかけて来たんだ。門番達に事情を話し、門を抜けそうになったら連絡を貰えるように手配しておいたんだよ」

コジローに胸ぐらを掴まれ、足が宙に浮いた。

「なに言ってんだ、あいつらは勝手にやったんだ！　俺の為にって勝手に金を集めてきたんだよ！」

証拠もないのに分かるものかと叫ぶ。

「いい加減なことを言うな！」

すると、いつの間にかコジローの後ろにいた若い男女の冒険者が、憤怒の表情で睨みつけていた。

「お前のせいで私の姉さんは死んだ！　お前に殺されたんだ！」

「俺の兄ちゃんだってそうだ！　お前が連れて行った依頼で命を落とした！　この人殺しが！」

目に涙を溜めてこちらを睨みつけている。

「だ、誰だ？　お前らの姉や兄なんて知らねーよ！　人違いだろ！」

「そんな別人みたいな格好してたって分かるんだよ！　お前だライアン、お前に殺されたんだ！」

しかし、俺は相手にしなかった。それよりもここを早く出ないと……いつあの獣が現れるか分かったものじゃない。逃げようともがくと、コジローが更に締め上げる。

「ライアン、貴様、オレの時と同じようにわざと高ランクの依頼を受けていただろ！」

コジローが俺の腕を捻《ひね》って持ち上げた。腕に強烈な痛みが走る。

「くっ！　なんのことだ！」

「まだしらばっくれる気か？　セバスさんと調べて、お前がしたことの裏は取れてるんだ！　なにも知らない新人冒険者を囮《おとり》に魔物の討伐を行っていただろ！」

副ギルドマスターのセバスの名前を聞いて、思わず顔を歪《ゆが》める。だが、再び抗った。

「冒険者達が依頼で死ぬのはよくあるだろ。残念だが仕方ないことだ。そいつらの姉や兄だって納得して依頼についてきたんだよ！」

「違う！」

若い女の冒険者が叫んだ。

「姉さんはそんな難しい依頼だなんて知らなかった！　姉さんは、私がまだ小さいからって無理な依頼はしないって約束してたんだ！」

俺を見下ろし睨みつける。

「あの日だってただのヤク草摘みだって言って出ていったんだ……そしたらその日の夜に……依頼の途中で死んだって……」

徐々に話す声が小さくなり、俯いた顔から涙が落ちて、地面を濡らす。

「私だって絶対に安全な依頼なんてないって分かってる。だけど、なんか変だと思って聞いたんだ。そしたら受けてた依頼はB級の魔物の討伐だったって……姉さんはまだD級になったばかりだったのに……だからコジローさんに相談したんだ！　以前お前と組んでいて同じような経験をしてたことが噂になってたから」

コジローが神妙に頷いた。

「その話を聞いてオレは愕然としたよ……同じランクの者ならまだしも、まだ右も左も分からない新人冒険者を巻き込むなんて！」

コジローが軽蔑と怒りを俺にぶつける。

「これからギルドで取り調べだが、お前はランクの剥奪とギルドからの永久追放。そして奴隷落ちが決まっている」

当たり前だと言わんばかりに、周りからの冷たい視線がつき刺さる。

逃げられない……俺は力が抜け膝をついた。

「……頼む。取り調べは王都でなくあの町でしてくれ……」

力なく言うが誰も答えてくれない。

「なぁ！　コジロー頼む。俺、ここにいたくないんだ！　ここじゃないならなんでも話すから！」

俺は恥も外聞もなく、コジローの足に擦り寄る。

「お前……ここでもなんかしたのか？」

コジローが呆れた顔をした。

するとその時、王都の北の方角から火柱が上がった。

「ヒィィィ!!　あ、あの獣だ！」

這いつくばって逃げようとすると、股間が生温かくなる。俺は恐怖のあまり失禁していた。

「あれは、もしかしてシンク？」

コジローは遠くの火柱を見上げて言った。

「お前、なにをした？　あの火柱の訳を知っているのか？」

コジローが胸ぐらを掴み俺を揺らす。すると被っていたフードが落ちた……

「お、お前……！」

コジローは俺の姿を見て驚愕《きょうがく》している。

あの獣と出くわした後、俺は自慢の顔を失った。目が覚めると顔貌は見る影もなく、シワシワに老け込んで、髪の毛は抜け落ちボロボロになっていた。

俺の顔には恐怖が映りこんでいたのだ。

「その姿……変装かと思っていたが、なにがあったんだ？」

コジローが俺の胸ぐらを離す。俺は力を失い、地面にくずれた。

「な、なんにもしてない！　ただ見てただけだ！　その情報を売っただけなんだ、俺はなにも悪くない！」

違う違うと必死で首を横に振る。

「あの獣を見た時から震えが止まんねーんだ。あの黒い獣が今にも追いかけて来そうで……」

そう言ってガタガタと震えの止まらない腕を差し出した。

「黒い獣だと？」

コジローは獣に覚えがあるようで、瞠目《どうもく》する。

「おい！　お前はその黒い獣に襲われたのか？」

慌てた様子で詰め寄ってきた。

「俺の周りにいた奴《やつ》らが一瞬でやられた……凄い殺気を放っていた……」

あの姿を思い出すだけで、逃げ出したくなる。しかし、コジローに捕まり逃げられない……俺は終わりだ。

絶望が全身を包み込む。どうにかしがみついていた細い糸が、プッツンと切れた音がした。

◆

やっと捕まえた冒険者のライアンが、襲われた獣のことを話すと、バタッと仰向けに倒れ込んだ。

その姿は悲惨で、以前の姿は見る影もなかった。

しかしこんな奴《やつ》よりも気になることがあった。黒い大きな獣が人を襲ったと。

覚えがあるのはミヅキの従魔のシルバさんだけだ。そしてシルバさんが怒るのは、ミヅキに関することと以外ありえない！

「君達、こいつの後処理を頼んでいいか？」

今回のライアン捕縛の為に連れてきた若い冒険者達に声をかける。

「大丈夫です！　こいつのことは任せてください！」

二人はライアンを両側から掴んで立たせると、頼もしく笑った。ライアンは抵抗する様子はなく、手足をダランと伸ばしている。

「すまない！」

そう言うとオレはその場から離れ、火柱の上がった方角に走り出した。

十一　愛情

デボットさんが連れていかれた後、私は足枷《あしかせ》の金属部分を石で叩いて、どうにか抜け出そうともがいていた。

「ヒャヒャヒャ！　無駄無駄ぁ～。その金属は石なんかじゃ壊れないよ！」

すると気持ちの悪い笑い声と共にブスターが戻ってきた。私は持っていた石をギュッと握る。近づいてきたらこいつで殴りつけてやるつもりだった。ブスターをキッと睨みつける。

「うひょー！　その反抗的な目いいなぁ～ゾクゾクする！　その澄んだ目をいつまで保っていられるかなぁ～」

ブスターがジリジリと私との距離を詰めてきた。

「おい！　この子供の石を取り上げろ！」

ブスターがオイに命令するが、オイはオロオロとしている。

「おい！　どうした、俺様の言うことが分からないのか？　このど愚図《ぐず》が！」

怒鳴りつけられて、オイは私に擦《す》り寄ってきた。

オイが私に近づいたことでブスターはニヤッと笑う。

「まったく、最初からちゃんと言うことを聞きやがれ！　こいつが反応しないのなんて初めてだったがまだちゃんと動くようだな」

オイを睨みつけて、私を顎でしゃくる。

「そいつの石を奪っていつものように押さえつけておけ！」

ブスターは私の側に来る。オイは親に怒られた子供のように私の後ろに姿を隠した。

「おい！　なにしてやがるっ。クソが、ここぞって時に使えないな。もういい退け！」

ブスターが後ろに隠れていたオイに蹴りを入れると、オイは顔から地面に倒れ込んだ。

「オイ！」

「とろい奴《やつ》だ！　もういい、お前は処分だな」

オイの顔にブスターが更に蹴りを入れた。そのたび、オイの体から鈍い音が鳴る。

「やめて！　オイを蹴らないで！」

私はオイに駆け寄ろうとするが鎖《くさり》が邪魔をして近づけない。私が叫ぶと、ブスターは足を止めてこちらを振り返った。

「オイ？　なんだそれ？　もしかしてこいつの名前か？　ヒャヒャヒャ！　こいつまさかまだ自分をオイって名前だと勘違いしてるのか！」

ブスターが腹を抱えて笑い出す。私は心底腹が立ち、睨みつけた。

「なんだ、その顔は！　生意気な態度は好きだが調子に乗るなよ。これは躾《しつけ》も必要だなぁ！」

ブスターが私の頬を平手で叩いた。地下に乾いた高い音が響く。

私はぐっと堪えてまたブスターを睨みつける。

頬がジンジンと痛み、熱を帯びている。もしかしたら少し腫《は》れてるかもしれない。口の中が切れて血の味が広がった。

「ヒャヒャ、まだ元気だなぁ！」

ブスターは私の胸ぐらを掴むと、ひょいと持ち上げ、そのまま床に叩きつけた。

「グハッ！」

痛みで声が漏れる。倒れ込み動けない私にブスターは馬乗りになった。あまりの重さに肺が潰され息ができない。

ブスターが私の顔を、ニヤニヤ笑いながら見下ろしている。ヒリヒリと痛む頬に触り、そのまま手を滑らせて口端から流れる血を拭うとペロッと舐《な》めた。

「お前の血は美味いなぁ〜！」

ブスターが満足そうに微笑む。

少し体を浮かしたので、すかさずはぁーと息を吸い込んだ。

そしてまた座り直して体重をかけると、動けない私の足をペタペタと触ってきた。

「あーあ、こんなに傷ついてなにしてるんだ！」

足枷《あしかせ》を無理やり引っ張り、皮がむけて血が流れるそこを見て眉を顰《ひそ》める。

ブスターは足の傷を手加減なく触ってきた。痛みが走るが歯を食いしばる。悲鳴などあげたくなかった。

痛みを堪える私を見て、ブスターは下卑《げひ》た笑みを浮かべる。そのままくるぶしから上へと手を動かしてきた。

不快感に身の毛がよだつ。ゾワっと全身に鳥肌が立った。

子供の力では大人のこいつを払いのけることもできない。私は恐怖で目をつぶる。瞼《まぶた》の裏にはシルバとシンク、ベイカーさんの顔が浮かんだ。ずっと我慢していた涙が流れる。

「ヒャヒャヒャ！　いい顔だな！」

ブスターが嬉しそうに泣き顔を見ている。

私は泣いてたまるかと涙を拭いて、自分を奮い立たせ睨みつけた！

どうなったって、どんなことをされたってこいつの喜ぶ顔なんてしてやるもんか！　きっとシルバ達が、ベイカーさんが来てくれる！

私は最後まで抵抗してやると覚悟を決める。ブスターが私にゆっくりと手を伸ばしてきた。

「やめて」

すると横からオイがブスターに抱きついた。

「うわぁ！」

いきなり突進してきたオイにブスターはバランスを崩して倒れ込む。私はその隙に這いつくばってブスターから離れた。オイはそのままブスターにガッシリとしがみついている。

「おとさん、寒い、寂しい、悲しい」

オイは私が先程オイにしてあげたようにブスターを抱きしめていた。

「おとさん、温かい、ほしい？」

ギューッと強く抱きしめる。

「く、苦しい……や……めろ……」

ブスターはオイの抱きしめる力が強すぎて、肉が腕の間からはみ出している。

「おとさん、ずっと、一緒」

オイはやめろと言われても抱きしめることをやめない。ブスターは必死に抵抗し、オイの体を引き離そうと彼の肩を掴んだ。

ボロッ……

オイのツギハギ部分の肩がポロッと取れてしまう。

「オ……イ……、だ……め……」

先程ずっと息を止められたせいで、私は上手く喋れなかった。オイに声をかけるが届かない。

「や……め……ろ……」

ブスターが最後の力を振り絞ってオイの顔を掴むと、グイッと首を後ろに曲げた。

瞬間、肉片が潰れる不快な音が響き、そして辺りから音が消えた。

シーンとなる部屋の中。そっと目を開けると……ブスターが事切れて床に転がっていた。その前にはブスターの血で真っ赤に染まるオイが、ブスターを起こそうと揺さぶっている。

そのオイもまた、動くたびにみるみるうちに体が崩れ落ちていく。

「オイ……」

私は必死にオイを呼んだ。

「オイ……オイ、オイ！」

声が出るようになりだんだん大きくなると、ようやくオイが振り向いた。

オイの顔はもうほとんど原型が分からない程崩れていた。私の側に来ようとしているのか足を動かしているが、そのたびにボロッボロッと崩れてしまう。

腕の力で這いつくばって近づいてくるものの、あと少しのところで右腕も取れてしまった。

最後に残った左手をぐっと私のほうへ伸ばす。

私も一生懸命に右手を伸ばすが足枷《あしかせ》のせいであと少し届かない。

「ま……ほ、あ……た」

オイがなにかを呟いた。私は必死に耳を傾ける。

「なに？　オイ！」

「まほ……」

「――っ！　魔法だね、温かい魔法！　うん、かけるよ！　だから頑張って！　あと少し、こっちにおいで！」

私は頑張ってと声をかけながら目一杯に手を伸ばした。

もうオイの命が続かないのは分かってる。だけど……最後にせめて人の温もりの中、逝《い》かせてあげたかった。

「オイ！　オイ！」

「あ……りが……、ま……たね……」

オイは私を見てニコッと笑う。

もう顔の形も分からないし表情も見えないけど、それは笑顔に見えた。

そして、必死に伸ばしていたオイの手が地面に落ちる。

オイの体がボロボロと砂のように崩れると、胸の魔石がゴロンと地面に転がった。

「いやあぁぁぁぁぁぁぁぁ!!」

自分の声とは思えない悲痛な叫びが辺りを包んだ。

十二　ミヅキ

【シルバさん！】

「ベイカーさん！」

俺とベイカーを呼ぶ声に振り返ると、慌てた様子でコジローが駆けてきた。

「コジロー！　お前どうしてここに。王都に着くのには早過ぎないか？」

コジローがここに来ることを知っていたようで、ベイカーが顔を顰《しか》めながらもコジローに駆け寄った。

「ライアンが王都に依頼で向かったことが分かったんです。急いで追いかけてきて、ライアンは先程捕縛しました。その時にシンクの火柱が上がったのを見て駆けつけたんです！」

コジローがこちらを見て、目を見開いた。

【シルバさん！　その傷はどうされたんですか⁉】

コジローは俺の毛がチリチリに焼け焦げているのに気がつき狼狽《ろうばい》する。

【あー、これはまぁなんでもないから気にするな。それよりもミヅキがまた連れ去られた】

「やっぱり……ライアンを捕まえたら、黒い獣が憤怒していたと言っていたので、ミヅキになにかあったんだと思い飛んできました。それで？　なにか情報は？」

コジローは俺達を見るがベイカーが首を横に振る。

【シルバさん、念話は？】

【いや……この王都内なら念話が届くはずだが、なんらかの妨害を受けているのだろう。ミヅキの声が聞こえない】

コジローが俺の言葉をベイカーに伝えると、ベイカーが険しい顔で考え込む。

「妨害か……ならある程度の魔力か金の力が必要だろうな……」

その時、聞き込みに行った奴《やつ》らが戻ってきた。

「ベイカーさん！　あの倒れてる奴《やつ》らはなにも知らねえみたいだが、ほとんどゼブロフ商会の奴《やつ》らだ！」

　聞いたことのある名前にベイカーが反応する。

【僕が燃やした奴《やつ》らだ！　ミヅキを気持ち悪い視線で見てたから燃やしたんだよ】

　俺はシンクの言葉をコジローに伝える。

「そいつだ！　ゼブロフ商会に行くぞ！」

　ベイカー達は走り出した。街の人達の案内で商会を目指して走っていると、突然ミヅキの気配を感じた。

【いた！　ミヅキだ！】

「え!?」

　コジローが驚いて振り返るが、構っていられない！

　俺とシンクは同時に前に飛び出すと、全速力でかけ出した。

　ミヅキの気配がする屋敷の壁を破壊しながら駆けつける。

【【ミヅキ！　ミヅキ！】】

　俺達は必死にミヅキに語りかけるが、反応がない。

【なんか……ミヅキの反応が変……】

　シンクが心配そうに声を落とした。

【ミヅキ！　どうした？】

　何度も声をかけるがミヅキの反応はない。ただいつもとは違う強い動揺を感じた。

【ミヅキ！】

屋敷の地下にミヅキの気配を感じて、シンクが燃え出した。そのまま周りにあるものを溶かして、地下へ進む。ポッカリと穴が空き、薄暗い地下に光がさした。

二人で地下に降り立つと、そこにはボロボロになったミヅキが一人ポツンと立っていた。

ミヅキは手になにかを掴んだままぼうっとしている。

【ミヅキ！】

俺が側に行こうとすると、ミヅキはゆっくり振り返る。

【えっ……】

俺達は近づいていた足を止めた。

【ミヅキ？】

声をかけるがなんの反応も返ってこない。それどころか、ミヅキの瞳はいつもの綺麗な黒色ではなく真っ赤に染まっていた。

【シルバ……ミヅキの瞳が……】

シンクが不安げに俺の後ろに隠れた。ミヅキの顔は頬が腫《は》れて口から血が流れた跡がついている。

他の場所も傷つきボロボロになっていた。

【シルバ！　ミヅキが変だよ、僕らのことが分からないみたい。声だって聞こえないよ】

シンクが泣きそうな声で言う。

【分かってる！　ミヅキ、どうした！　なにがあったんだ！　その傷は誰にやられた！】

ミヅキに一歩近づこうとすると、膜《まく》のようなものに行く手を阻《はば》まれた。

【結界？】

どうやらミヅキの周りに結界らしきものが張られているみたいだ。

【俺達を拒絶してるのか？】

【えっ、ミヅキが拒絶!?　そんなのいやだ！】

シンクが構わずに近づこうと飛んでいくが、結界に弾かれて地面に落ちた。

【うわぁ！】

【なんだこれは？】

子供とはいえ、鳳凰《ほうおう》のシンクをも弾くのか。

【ミヅキ、聞こえないのか!?　俺だ！　シルバだ！】

シンクは諦めきれずに、ミヅキの周りをバタバタと飛び回る。ミヅキはそれを感情のない瞳で見つめていた。

【ミヅキ……】

シンクが飛ぶのをやめて俺の体に降りてきた。

【僕……ミヅキにあんな瞳で見られたこと……ない……】

シンクがショックを受けた様子で呟いた。

俺もだ……あんなミヅキを見るのは初めてだった。出会った時からずっと笑顔で優しく撫でてくれる。

ミヅキになんの気持ちもこもってない瞳で見られるのは悲しい。

ミヅキが目の前にいるのに会話ができないことが寂しい。触れないことが辛い。

俺はあまりの悲しさに声を漏らす。

「クゥーーン……」

すると、ミヅキの肩が小さく揺れた。

【シルバ！　ミヅキが！】

ミヅキが俺の声に反応している？

【シンク！　念話じゃなくて声でミヅキを呼ぶんだ！】

【分かった！】

「クゥ！　クゥ！」

「ガウッ！　ガウッ！」

ミヅキの名前を心の中で叫びながら、必死に呼びかける。

「し、しるば……しんく……」

「っ！　ガルゥ、ガルウゥゥ！」

ミヅキがこちらに反応を示した。俺達は更に声を大きくして、彼女を呼び続けた。

ミヅキ、俺達のことが大好きなんだろ!?　ミヅキが俺達のことを忘れちまうなんてあるわけない！

祈るように、俺とシンクはミヅキに声をかけ続けた。

十三　またね

私はうーんと伸びをしながら目を覚ました。

あーよく寝た。なんだか長いこと、夢を見ていた気がする。

どんな夢かは思い出せないが、心踊る楽しいことをしていた気がした。

布団から起き上がると自分の姿に驚く。

「あれ？　スーツ着たまま寝ちゃった！」

パジャマに着替えて寝たはずなのに、きっちりとスーツを着込んでいた。

「なんだ？　昨日どうしてたっけ？」

頭を捻《ひね》るもののなにも思い出せない。

周りを確認するがいつものアパートで、私は一人でポツンと部屋の真ん中に立っている。

あれ？　この部屋こんなに広かったけ？

なにかもの足りない気もするが……まぁいっか！　私は考えることをやめた。

いつも通り、朝食を作り一人で食べる。いつもと同じはずなのになんだか寂しい。

箸を置き、思わずため息をつく。

「はぁー……」

なんだろう……なんかモヤモヤするけど、あと少しで会社に行く時間だ。準備しないといけないと分かっているのに体が動かない。

私はゴロンと床に横になり、いつもの天井を見上げた。

「はぁー」

もう一度盛大なため息を吐き出す。ふと見ると部屋の扉が少しだけ開いていた。

あれ？　あの扉ってどこの部屋に続いてる扉だっけ？

自分の部屋なのにどこに繋がってるのか分からない。しかもその扉は少しだけ開いている！

私はバッと起き上がると、じいっと扉を見つめた。

するとそこから子供の左手がぬっと出てきた！

「きゃあー！」

思わず叫び後ずさる。しかしその手はそれ以上伸びる訳でもなく、じっとしている。

「だ、誰？」

恐る恐る声をかけるが反応はない。ただ、こちらに手を差し出している。まるで握ってくれ、掴んでくれというように。

私はなんだかその手を掴みたくなった。いや、掴まなきゃいけない。

掴め！　と心の中でもう一人の自分が言った。

不思議と先程感じた恐怖はなく、扉から出ている可愛い子供の左手を私はしっかりと掴む。

『やっと、つかめた』

頭に声が響くと、私はミヅキになっていた。

手の繋がる先を見ると、そこには淡く光る子供のシルエットが浮かんでいる。

なぜか光っているその体は顔がよく見えない。繋いでる左手だけがはっきりと見え、感じることができた。

『おねえちゃん、ボクといっしょにさまよっちゃったからあせったよ』

「あなたはだれ？　わたしを知ってるの？」

『うん、おねえちゃんがやさしくてあったかいひとだってしってるよ』

だれだろう？　よく思い出せない……こんな子供にいつ会ったっけ？

すると子供が寂しそうな声で語る。

『ボクね、もういかなきゃいけないの。だけど、おねえちゃんがもどろうとしないからおねがいしてむかえにきたの。でもボクができるのはここまで』

子供は私の左手を引き、あっちを見てと遠くに光っている場所を指さす。

『よくみて、よくきいて。あそこにおねえちゃんがすきなみんながいるよ』

光の先に黒い光と赤い光が見える。なんて綺麗で温かな光なのだろう。

【ミヅキ……】

なんて頼もしくて安心する優しい声なんだろう。私はこの声の主を知っている？

「シルバ？　シンク？」

『そう、おねえちゃんにとってたいせつなそんざいでしょ』

ああそうだ、私の大切な家族だ……

子供は手を離して、光のほうへ私を優しく押し出した。

「えっ、あなたは一緒に行かないの？」

離れた左手を掴もうとすると、子供はゆっくり首を横に振る。

『ボクはいくところがあるから』

「どこに……？」

離れることが寂しくなり悲しくなる。

『ふふふ、だいじょうぶ。こんどはあったかいばしょにいけるんだ』

顔は見えないけど嬉しい気持ちが伝わってきた。

「温かい場所？」

『うん！　すごくいいところ。おねえちゃんがまもってくれたばしょ。だから……おねえちゃんありがとう。またね』

あれ？　この言葉……どこかで……？

子供が手を振りながら遠くに遠くに離れて行く。

後ろでは私を呼ぶあの優しい声がした。

「分かった！　いつか会えるんだね！　だから、さよならじゃなくて……またねー！」

私は後ろを向いて子供に手を振り返す。そして前を見て、顔を上げると、大好きな声がするほうへ走っていった。

◆

【ミヅキ！　ミヅキ！】

誰かが私を呼んでいる。小さなくちばしが頬を優しくついばみ、温かく大きな舌がペロペロと顔を舐めている。これは……

【ふわぁ～シルバもシンクもくすぐったいよー】

すると、二匹は固まったように動きを止める。瞼《まぶた》を開けた私の目には唖然《あぜん》とする二人の姿が映った。

【あれ？　朝の挨拶もう終わり？】

せっかくのモフモフタイムが……なんだか寂しくて首を傾げると、

シルバとシンクが嬉しそうに突進してきた！

【【ミヅキー！】】

「きゃあ!!」

二人にもみくちゃにされて、体中至るところを舐められ、突かれ、モフモフされる。

【ミヅキのバカー！】

【ミヅキ！　心配かけすぎだ！】

シンクが目に涙を溜めながら叫んだ。なぜかシルバまで怒ってる。

【えーと？　なんだっけ？　なんでここに……あっそうだ、オイ！】

私は自分がここにいた訳を思い出した。手に持っていたはずのオイの魔石を探す。

【オイが……】

【これか？】

シルバが黒い石を口で拾って私に持ってきてくれた。

【うん……オイがブスターから助けてくれたんだ……】

私は恩人であるオイの魔石をギュッと抱きしめた。もう彼の温もりは消えているけれど、不思議と温かい気がした。その時、足に激痛が走った。

「うっ！」

見ると足枷《あしかせ》がついている箇所が酷いことになっていて、私は座り込んだ。

うわぁー皮が剥《む》けて……肉が見えてる……

チラッとシルバ達を窺《うかが》ったら、口を開けて言葉を失っている。あの顔はヤバい……

【ミヅキ……誰にやられた……!!】

シルバが目を血走らせて唸った。シルバが激怒していて冷や汗が出る。

こ、これ、ブスターのせいにしとけばよくない？　私が無理に引っ張ったせいだけど……つけたのアイツだしね！　うん、それがいい！

【アイツ！　あのブスターって奴《やつ》！　だけどもうほら、オイがやっつけてくれたから大丈夫！】

そう言って無残な姿になっているブスターを指さした。

【腹の虫がおさまらないぞ！】

シルバがブスターの骸《むくろ》の側に行き吠えた！

【闇堕獄《ヤミダゴク》】

シルバが毛を逆立たせ低く言った。その瞬間、地面がカタカタと不気味に鳴り始めた。

な、なに？

私はシンクをギュッと抱きしめてじっとしながら、シルバを見つめた。

するとシルバの前にポカリと底の見えない、奈落のような大きな穴が開く。

そこから無数の黒い腕が伸びてきた。その腕は横たわるブスターの体を掴むとズルズルと引きずり込む。ブスターの体は穴へと落ちて、どこかに連れていかれた。

【シ、シルバ、今の……なに？】

私は恐る恐るシルバに問いかけた。

【闇魔法だ……あんまり使いたくなかったが、ミヅキを傷つけたアイツには相応しいだろう】

【えーと……もう死んじゃってたと思うけど……まだなんかあったの？】

【アイツはもう二度とこの世に生まれない】

【ん？　どういうこと？】

意味が分からずに首を傾げた。

【ミヅキも前の人生があり、死んで転生しただろ。この世に生まれ落ちたらいずれは死ぬ。そして全てが終わるが、またいつか生まれ変わることができる】

【うん……】

身をもって体験した私は深く頷いた。

【まぁミヅキみたく記憶を持ったままなんていうのは稀《まれ》だろうがな】

先程まで纏っていた恐ろしい空気はなくなり、私を見るシルバの目は優しい。

【だが、アイツはそれがもうできない。闇の中をずっと彷徨《さまよ》い続けるんだ……自分が誰かも分からずにな】

シルバは吐き捨てるように言った。

やば……、シルバの闇魔法怖すぎる……今後は絶対怒らせないように注意しよう。

【そ、そっか……まぁ本当に酷い人だったから、しょうがないね……】

顔を引きつらせていると、シルバが近づいてくる。

【それより、シンクすぐにミヅキに回復魔法を！】

私の腕の中で大人しくしていたシンクはハッとして、大きく頷いた。途端にその体がほわぁっと温かくなる。シンクから流れる優しい魔力が私を包み込んだ。

【ああ……気持ちいい。シンクありがとう～】

スリスリとシンクの体に頬を摺り寄せる。ニッコリ笑う私を、シンクがジーッと見つめていた。

【よかった……いつものミヅキだ……】

凄く小さい声で呟いた。

【どうしたの？】

私がシンクに尋ねると、

【なんでもないよ！　ミヅキ大好き！】

とシンクが頬にふわふわな羽をスリスリとくっつけた。

変に思いながらもシンクのふわふわ攻撃には抗えない！　シンクとじゃれていると、今度はシルバが側に寄ってきた。

私の足の様子を見てホッと息をつき、傷があった場所を舐《な》めた。

腫《は》れていた頬も、シンクの回復魔法のおかげですっかり痛みがひいている。

シルバは血で汚れていた口元を見て、そこも舐めた。くすぐったくてくすくす笑いながら、私は嬉しくなって、シルバの首に抱きついた。

シルバの毛を撫でていると、あることに気がついた。

【シルバ？】

【なんだ、ミヅキ？】

【この毛……どうしたの？】

シルバの毛が所々焼け焦げ、固くなっている。

【誰!?　誰にやられたの！】

シルバが傷つけられたと思うと怒りが湧いた。自分のことよりも許せない事態だ！

【シルバ達が私の為に怒ってくれるように、私だってシルバ達が傷つけられたら許せない！】

シルバに詰め寄ると、ふいっと目をそらされた。ん？　なんか様子がおかしい……

シルバの顔を自分のほうに向かせる。

【シルバ？　なんか隠してるよね？】

【いや……ミヅキを捜してる時に……ちょっと転んだ……なっ！　シンク！】

【えっ！】

シンクがいきなりシルバに振られて慌てている。

【なぁに？　この毛の訳、シンクも知ってるの？】

二人の前で仁王立ちになり問い詰める。その時、知った声が聞こえた。

「ミヅキー！」

ベイカーさんとコジローさんが駆けつけてくれた。

「無事だったか！」

ベイカーさんが私の姿を見て、ホッと息をついた。隣でコジローさんも胸を撫で下ろしているが……

「あれ？　コジローさん、どうして王都に？」

コジローさんはまだ王都に着いてなかったはずなのに！

私の意識がコジローさんに向かったので、シルバとシンクはあからさまに安心している。

「依頼でちょっとな、それよりミヅキ大丈夫だったのか？」

コジローさんが心配そうに近づいてくる。

「そうだよ、ミヅキを誘拐した奴《やつ》はどこだ？」

ベイカーさんが警戒するように周りの様子を窺《うかが》うが、それよりも私はベイカーさんの姿が気になった。

「ベイカーさん……その服どうしたの？」

ベイカーさんの服や防具はボロボロになっており、どう見てもただ事でないなにかがあったようだった。

「なんでそんなに服がボロボロなのに……傷はついてないの？」

ベイカーさんに近づいて体を触るが、傷などはなく、平気そうだ。それが更に気になった。

「シルバがボロボロなのと関係あるの？　二人とも大丈夫なの？」

訳が分からなくて、悲しくなる。もしかして私のせいでこうなったの？

誰にやられたの？　なんで誰も教えてくれないの？

傷だらけの皆を見ながらポロッと涙が落ちた。

「ち、違う！　違うんだミヅキ！　これは俺とシルバで戦って……」

ベイカーさんは私の涙に動揺して口走る。

【なっ！　ベイカー、黙ってるって言っただろうが！】

シルバがベイカーさんを睨んだ。

「どういうこと？」

二人を見ると、顔を逸らして黙りこむ。すると、シンクが私の肩にとまった。

【この二人喧嘩《けんか》したんだよ！　ミヅキがいなくなってシルバが怒って暴れて、そしたらベイカーが

キレたんだ！】

シンクは二人が悪いんだよ、と説明してくれた。

【おい！　俺を燃やしたのはシンクだろうが！】

【えっ？】

シルバの火傷《やけど》がシンクのせいだと聞いて、思わずシンクを見つめる。

【だ、だって……シルバがベイカーをボッコボコにして……理性を失ってる感じだったから……僕、シルバを止めないとって思って……】

シンクはチラッと窺《うかが》うように私を見る。その瞳は不安そうに揺らめいていた。

私はふふっと笑った。

【シンクが二人を止めてくれたんだね。ありがとう。私の言ったことを守ってくれて】

シンクは私の言葉にバサッと翼を広げた！

【そう！　僕はミヅキの言うことを守ったの……だから嫌いにならないで……】

【嫌いになるわけなんてないよ】

私はありがとうとシンクを抱きしめ、前の二人を見つめる。

「それで？　二人はなにか言うことある？」

【ベイカーが！】

「シルバが！」

お互いを同時に責めている。

思わずプッ！　と噴き出してしまった。

「あははははは！」

ツボに入ったのか笑いが止まらない。ひとしきり笑うと困惑しているシルバに抱きついた。

【シルバ、あんまり私のことで人に当たっちゃダメだよ】

優しく、傷ついたシルバをゆっくりと撫でた。回復魔法をかけながら優しく撫でていくと、シルバの毛並みが元に戻る。よかった……

シルバは腑に落ちないとばかりに眉間にシワを寄せる。

【ミヅキが心配ばっかりかけるからだろ……】

シルバがちょっと拗《す》ねている。ふふ、可愛いな！

【ごめんね……でも……私悪くなくない？　好きで誘拐なんてされてないよ】

【隙を見せるな、他人を庇《かば》うな。お願いだから自分を優先してくれ】

シルバが頼み込むように吐き出す。

【……でも、それって私？】

他人を蔑《ないがし》ろにして、自分のことばっかり考えてる私って、シルバの好きな私なの？

私の言葉にシルバがたじろいだ。

【前に言ったよね、諦めてねって。ちゃんと分かってたよ、シルバやシンクや皆がきっと助けに来てくれるって。だから諦めないで、アイツに屈しないで抵抗できたんだよ！　まぁ、でも次はもう少し気をつけます。ごめんね】

シルバは仕方なさそうに笑って頷いてくれた。次はベイカーさんに向き合う。

「ベイカーさんも心配かけてごめんなさい。でも仲間内で喧嘩《けんか》なんてしちゃ駄目。怪我したら心配だよ、無理しないで……」

そう言って、ベイカーさんの手をギュッと握りしめる。

「それはこっちの台詞だ！　心配ばっかりかけやがって！」

ベイカーさんはそう言うなり私を抱きしめた。ベイカーさんの温もりを感じてホッとする。

ああ、やっぱりベイカーさんの腕の中は安心するな……

皆のところに帰ってこられたことを実感して、その幸せに感謝した。

「そうだ！　リリアンさんは無事？　お腹の赤ちゃんは？」

私はリリアンさんのことを思い出して、ベイカーさんに聞いた。

「リリアンさん……嘘だろ？　妊娠中なのか？」

ベイカーさんが驚いて固まる。

あっ！　まだ内緒だった……！　私はしまったと顔を歪《ゆが》めた。

「ベイカーさん内緒ね！　ルンバさんにはまだ言っちゃだめだよ！」

慌てて口止めするが、ベイカーさんは「信じられない」とか「あのルンバが」など呟いている……なんか不気味……

とりあえずドラゴン亭に戻って、私の無事を伝えようと建物を出ることにした。

動くと私の足枷《あしかせ》の鎖《くさり》が引きずられて、ジャラジャラと音がする。そういえば、まだ足枷《あしかせ》がついたままだった。

「ミヅキ、じっとしてろ」

ベイカーさんが剣を抜き、足枷《あしかせ》に剣を当てて一気に体重をかけて一突きした。

ガッチャン!!

派手な音と共に足枷《あしかせ》が綺麗に割れて、ようやく私の足が自由になった。

「ベイカーさん、ありがとう！　でもこれ鎖《くさり》のところが切れてるね。確か……壁に繋がってて全然取れなかったんだけど……」

足枷《あしかせ》に繋がっている鎖《くさり》の輪っかの部分が、不自然にねじ切れていた。

【……】

シルバが真剣な顔で、それを見つめている。

【ボク達が来た時はもう鎖《くさり》切れてたよ】

シンクが教えてくれた。ということはオイが切ってくれたのかな？

首を傾げて鎖《くさり》を見ていると、シルバが乗れと鼻先をくっつけてきた。

私は鎖《くさり》を捨てシルバに抱きつき、たくましくて温かい背中に乗せてもらう。

地下から出て、建物を見る。と驚いたことに、ポッカリと地下まで綺麗な穴が開いていた。どうやらシンクが溶かして通った後らしい……

【そういえば、最初念話が通じなかったのになんで今は平気なの？】

不思議に思っていたことを聞いてみた。シルバが首を捻りながら答える。

【なぜか急に気配を感じるようになった。本当に突然って感じだったぞ】

コジローさんからシルバの言葉を聞いて、ベイカーさんが壁を触りながら思案顔で言う。

「多分、魔法陣が解けたんだろ。これだけの屋敷で金を持ってるなら、それくらいしてるだろうかrらな」

魔法陣……もしかして……デボットさん？

「ベイカーさん！　私の他にも捕まってる奴隷の人がいたんだよ！　なんかもう一人いた悪徳商人みたいな人に買われちゃって、途中で連れていかれちゃったの」

どうにか彼を助けることはできないかな？

私はデボットさんのことが心配で顔を曇らせる。

「正式に買われた奴隷なら手は出せないが、ブスターと関わってる商人なら裏がありそうだな……どんな奴《やつ》だった？」

「うーん……どっかで見たことがあった気がするんだよね……」

どこだっけ？　と頭を抱えて考える。

なんか嫌な感じがしたんだよなあの商人……商人？　商人ギルド⁉

「あっ！　商人ギルドに行った時にセバスさんに話しかけてきた人だ！」

そうだあの時の人だ……あの人に見られて背筋がゾクッてしたんだった。

「じゃあ商人ギルドに行けば分かるかもな、だが今は一旦戻るぞ！　街の皆にも知らせないと……多分大変な騒ぎになってるぞ……」

えっ？　騒ぎ？

ベイカーさんとコジローさんを交互に見ると、二人とも真剣な顔でうんうんと頷く。

「えー、冗談でしょ？　驚かせないでよ」

笑おうとしたけれど二人は笑ってくれない。

「多分……アイツにもバレてると思うぞ……」

アイツ？　誰のことかと首を傾げる。

「お前が一番バレたくなかった奴《やつ》だよ！」

「え？　それってレオンハルト王子？」

「ああ、そうだ」

「なんでバレるの!?」

訳が分からず、ベイカーさんに詰め寄った。

「ミヅキが攫《さら》われたことを聞いた店の客達が今、王都中を捜し回ってるんだ……しかもリプトン子爵も手伝ってくれている。貴族の方々にも聞くと言ってたから……さすがに耳に入っちまうだろ」

「うそー！　どうしよー！」

あの王子、しつっこいから会うの嫌だったのに……しかも黙って来てたなんてバレたら更にうるさそう……

「と、とりあえず早く皆に無事を知らせないと！」

そして、少しでも拡散するのを抑えないと！

私達は急いでドラゴン亭に帰ることにした。

ドラゴン亭に近づくと、店の前でリリアンさんが両手を祈るように握りしめて待っている姿が見えた。

「リリアンさ～ん」

声をかけると、リリアンさんはくしゃりと顔を歪《ゆが》めて駆け寄ってくる。

「ミヅキー！　もう！　この子は心配かけて！」

リリアンさんが私を、ぎゅーっと締めつけるよう抱きしめてくる。

「リリアンさん……お腹は大丈夫？」

リリアンさんにしか聞こえない小さい声で尋ね、そっとお腹を見つめた。

「ええ、大丈夫よ。それにもう旦那には話したわ。ミヅキが私を庇《かば》ってくれた訳を話したから、本当にありがとう」

リリアンさんは抱きしめている力を緩め、優しい顔でお礼を言う。私は彼女のお腹をやんわりと触った。

よかった……ここはきっと温かい場所だよ……早く会いたいなぁ……

「私ね、リリアンさんの子供は男の子だと思うんだ！　早く会いたいなぁ……私の弟に」

リリアンさんが気が早いと笑うが、私には分かっていた。

きっと会えるって……

この温かい場所で……いつか、またね……

十四　再びの再会

俺を連れて、ビルゲートは自分の泊まっていた宿に戻ってきた。

「汚いので、とりあえず裏で体を洗ってください」

宿の裏の洗い場に連れて行かれて、桶《おけ》を投げつけられる。

俺が器用に片手で体を洗っているのを、ビルゲートは興味深そうに見つめている。

「上手いもんですね、片手でも問題なさそうだ。片手だと制限がありそうだと思ったがこれなら色々使えそうです」

いい買い物をしたと満足そうに笑っていた。

「それよりも本当に魔法陣は解かれるんだよな？」

ビルゲートに再度確認をする。

「ええ、もうそろそろじゃないでしょうか？」

そう言って屋敷の方角に目を向けた。

「解除はちゃんとできるから、安心してください。洗ったら約束通り商会に行って正式に奴隷の契約を結んでもらいますよ！」

「ああ……分かっている。ミヅキが助かるなら安いものだ……」

約束を守れなかったことは心苦しいが、もう一度ミヅキに会えた……俺にはそれで十分だった。

「ただし……犯罪には手を貸さん……それだけは奴隷にも強要できないのは分かっているよな？」

「えー？　それって契約違反じゃないですか？」

ビルゲートが不満そうに口を尖らせる。

「奴隷として一生従うつもりだが、犯罪に手を染めることはもうしない。それが嫌なら殺すなりまた売るなり好きにしろ」

「んー、結構頑《かたく》なですね。まぁ追々調教しますので、いつでも手伝いたくなったら言ってくださいね。……あの子供に手を出して欲しくなければね」

「貴様！　ミヅキにはもう手を出すな！」

「約束はあの場から助けることです。その後のことは言われてませんから」

体を洗うのをやめて睨みつけると、ビルゲートが嫌味な顔で笑っていた。だがその時、なにかの気配を感じそのまま目線を上にやる。

ビルゲートが俺の視線を追って振り返ると、瞬間、宿がぎしりと軋《きし》んだ。

元々脆《もろ》くなっていたのか、宿の屋根が落ちそうになっている。壊れかけた場所が崩れると一気に屋根が落ちてきた。

その下には、ミヅキくらいの年頃の小さい子を連れた親子が歩いている。俺は駆け出すとその親子を突き飛ばした！

ガラガラッ！

突き飛ばされた親子がびっくりして倒れる姿を確認した。

よかった……親子は助かったようだ。

「お、おい」

ビルゲートが駆けつけるが、声が出ない。

下半身の感覚がもうなかった……次第に意識が遠のいていく。

「えっ嘘だろ！　買った途端に死んだのか？」

ビルゲートは俺の側に来ると、腕に手を当てて脈を取る。

ふざけんな、まだ……死んでねぇよ。

俺は微かに指先を動かした。

「これ治すのにどれだけ金がかかるんだよ！　下半身が潰れてるじゃないか！　クソ、まだなんの役にもたってないのに！」

ビルゲートは俺の体が傷ついたことではなく、奴隷としての価値がなくなったことに怒っていた。

まったく、反吐《へど》が出そうなほど嫌な奴だ。

次第に、騒ぎに気づき人が周囲に集まってきた。

「誰かが落ちてきた瓦礫《がれき》に挟まってるぞー！　動ける奴《やつ》は手をかせ！」

周りの人達が俺を助けようとしてくれる。

「あんた、こいつの知り合いか？」

「いえ、ここにいたらいきなり屋根が落ちてきて、その人が下敷きになりました」

ビルゲートは居合わせた人に聞かれて、一瞬考えた後、首を横に振った。どうやら他人の振りをする選択をしたようだ。

「これは酷い……下半身がグチャグチャだ。もう歩けないかもしれんな……」

瓦礫《がれき》を退かしながら街の人達が憐《あわ》れむ。

確かに……これを治すとなると莫大な金がいるだろう。しかし、奴隷にそんな金を出す奴《やつ》なんていない。

「私、助けを呼んできますね！」

ビルゲートは瓦礫《がれき》を退かす手伝いはせずに、そう声をかけて走り出すと姿を消した。どうやら俺は見捨てられたようだ。

ビルゲートの後ろ姿を見ながら、俺は意識を失った。

◆

「ベイカーさん！　あんたらが騒いだ時、宿屋の屋根に突っ込んだだろ！　それが崩れてきて怪我をした奴《やつ》が出たらしいぞ！」

私がドラゴン亭に戻って来て、リリアンさん達と抱き合っていると、ジルさんが慌てた様子で駆け込んできた。

「えっ！」

ベイカーさんと同時に反応する。それってシルバと喧嘩《けんか》したってやつ？

二人はしまったと気まずそうに顔を歪《ゆが》めた。

「えっ、ミ、ミヅキ！　無事だったのか！　よかった」

ジルさんが私に気がついた。そして、床にへたり込んでしまった。

慌てて駆け寄ると、ジルさんは目を潤ませている。

「俺達……お前が襲われたって聞いて……」

恐る恐る手を伸ばして私の頬に触れようとして、途中で止まった。私は宙で彷徨《さまよ》う手を掴み、そのまま自分の頬を擦《す》り寄せた。

「ありがとうございます。皆が必死に捜してくれたって聞きました。もう大丈夫、戻ってこられたからって皆に伝えてください。私達は怪我をした方の救助に向かいます」

「わ、分かった。そっちは任せろ！」

ジルさんと別れて私達は怪我人のもとに急いだ。

「ベイカーさんとシルバ、どれだけ暴れたの！」

私は屋根の破壊箇所を見て二人を睨む。二人は気まずげに目を逸らした。

しかし、今は怪我人が心配だ。怒るのは後にして先を急がないと。

現場に着くと人集《ひとだか》りができていて、皆で協力し合い瓦礫《がれき》を退けていた。

「すまん！　俺達も手伝う！」

ベイカーさんが声をかけて瓦礫《がれき》を掴む。ひょいひょいと紙を掴むように軽々と退けていく。

「兄ちゃん……すげぇな……」

ベイカーさんの怪力に街の人達が唖然《あぜん》としていると、瓦礫《がれき》の下敷きになっている人が見えた。

その姿を見て愕然とする！

「デボットさん！」

なんでこんなところに⁉

デボットさんは体中から血を流し、気を失っている。顔色が凄く悪い。

私はすぐに回復魔法をかけようとした。しかし、シルバとベイカーさんが感づいて止められた。

「ミヅキ待て！」

【ミヅキ、ダメだ！　俺が魔法をかける振りをする。ミヅキは俺にやらせているように振る舞うんだ！】

デボットさんの姿を見て焦ってしまったが、確かにここで私が回復魔法を発動したら目立ってしまう。私は大きく息を吸い、自分を落ち着かせた。

【ごめん、そうだったね。分かったよ！】

「すみません。この従魔が回復魔法をかけますので皆さん下がってください」

瓦礫《がれき》をほぼ退かし終えて、街の皆を下がらせる。

シルバがデボットさんの前に立ち、私がその横に並んだ。

デボットさんは両足とも潰れており、あらぬほうを向いていて痛々しい。だが目を逸らさずにじっとその姿を見つめた。

シルバが大きな体で私を隠すように立ち、デボットさんに鼻先を近づけた。

【ミヅキ、無理して魔力を使いすぎるなよ！　とりあえず足だけ治すんだ】

黙って頷き返すとシルバに向かってそれっぽく声をかけた。

「シルバ！　回復魔法！」

「ワオーン！」

シルバが吠えると、フワッと風魔法でデボットさんと私達の周りを包んだ。

【ミヅキ、今だ！】

私はデボットさんに触れると魔力を練って回復魔法をかける。

デボットさん……私無事だったよ。きっとデボットさんが魔法陣を解いてくれたんだよね……お願い、またあの笑顔を見せて！

淡い光がデボットさんを包むと足の怪我が治っていく。

しかし、デボットさんの意識は戻らなかった。

「デボットさん！」

声をかけるが、デボットさんの顔は蒼白なままだった。

「血を流しすぎたのかもしれん……」

ベイカーさんが諦めろと言うように私の肩をそっと叩いた。

【シンク！　私の魔力を渡すからデボットさんの血を作れる？】

諦めきれない私はシンクに託す。

【多分できるけど……魔力を凄い使うと思うよ……】

チラッとシルバの様子を窺《うかが》う。シルバは渋い顔をして眉を顰《ひそ》めた。

【シルバ！　お願い。倒れるなんて無理はもうしないから！】

シルバに頼み込むように顔を近づける。

【うっ……シ、シンク、ちゃんと調節できるか？】

【分かんない……やったことないからどれだけ魔力使うか……途中でやめることはできる代わりに、この人が助かるかは保証できない】

【ミヅキ、こいつを助けたいのは分かるが、お前が危険な状態になったらやめさせる！】

それだけは譲れんとシルバは言う。私は首肯《しゅこう》した。

大丈夫！　こういう時の為にいっぱい依頼を受けて、魔物を倒して、頑張ってきた！　魔力は上がってるはず！

【分かった。絶対に無理はしない！　二人をもう心配させないよ。そしてデボットさんも必ず助けてみせる！】

シルバにまた風の壁を作ってもらうと、私はシンクを胸に抱きしめた。

【シンク！】

シンクに自分の魔力を流し込んだ。

【ミヅキの魔力って凄い……心地いい……力がみるみる湧いてくる……これならなんでもできる！】

デボットさんに近づけると、シンクが力強く光った。

【ミヅキは大丈夫なのか！】

シルバが私のことを心配してくれるが全然平気だった。魔力が枯渇《こかつ》しそうな気配はない。

【全然大丈夫、まだまだあげられるよ！　シンクはどう？】

【ミヅキもう魔力止めていいよ。もう十分貰えたからね。この人も平気だと思うよ！】

デボットさんを見ると……青白かった顔色が戻っていた。

【おい……やりすぎじゃないか？】

シルバがデボットさんを見て呆れた声を出した。

「凄いシンク！　デボットさん、手も顔も目も元に戻ってる!!」

そこにはなくなっていた腕が戻り、顔の傷も全て消えた、初めて会った時のデボットさんの姿があった。

「デボットさん！」

寝ているように見えるデボットさんに声をかけるが反応がない。揺すっても叩いても目を開けてくれない。

「なんで……傷は癒えてるのに……」

私はデボットさんに声をかけ続けた。

◆

以前俺は、ある町で小さな女の子を誘拐してこっぴどい返り討ちにあい、挙句その女の子に諭されてしまった。

しかし、それも悪くないと思えるほどスッキリしていた。

正しく生きる者達を小馬鹿にしながらも、どこかで憧れていたのかもしれない。

一度吹っ切れて自分に正直に生きて行くと決めると気持ちは楽になったが、あの子との約束を守るのは本当に大変だった。

自分に正直に生きる奴隷には、特に……

戦場に駆り出され何度か死にかけた。窮地に追い込まれ、このままここで死ねたら楽だろうと思うが、そのたびにあの子の顔が浮かぶ。

気がつくと俺の体は勝手に動いて死に抗っている。

「にいちゃん、さっきはありがとうな。助かった」

戦場で走り回っている時に助けたじいさんが話しかけてきた。

「ああ……」

以前なら、他人を助けるなんて考えられないことだった。ミヅキの甘さが移ったかな？

「にいちゃん、魔法が使えるんだな」

じいさんを助けた際、俺は気配遮断の魔法をかけていた。

昔から気配操作の魔法が得意だった。このおかげでこれまで生きてこられた。

「まぁな……」

これがまずかった……魔法の話などするべきではなかった……

「おい！　奴隷共！　この中に魔法が使える奴《やつ》がいると聞いたぞ、一体どいつだ！」

奴隷達を束ねる小隊の隊長が声を荒らげている。俺は沈黙をつらぬいたが、

「こ、こいつです……。さっき話してるのを、き、聞きました」

じいさんとの会話を隣で聞いていた男が俺を指さした。

「お前か！　こちらに来い！」

隊長に捕まり、引きずられながら連れていかれた。

「お前は今日から最前線だ！　その力、存分に俺達の為に使え！」

「いや、俺は攻撃魔法は使えない」

気配操作の魔法はどちらかと言えば裏方仕様だ。攻撃する奴《やつ》らの気を逸らしたり、自分の気配を分かりにくくしたりするもの。しかもその範囲は狭い。こんな戦場では自分の身を守るくらいしか役には立たない。

しかし話を聞かない隊長が、軽装の俺を前線部隊に放り投げた。

人助けなんて慣れないことをするもんじゃなかったな。俺はここまでかな。

半分諦めながら、戦場を駆け回る。

敵を一人ずつ倒すのが精一杯だった……

魔力が高いわけでもないので、気配遮断の魔法もいよいよ使えなくなった。

姿が見えるようになると敵にあっさり見つかった。

「死ねぇ‼」

「ぐわぁ！」

敵の攻撃を交わすが一歩遅かった。剣を顔に受けて、視界が赤く染まる。

顔が熱い……左目が開かない……周りの景色がゆっくり流れていく。これが走馬灯か？

その時、ミヅキの顔が脳裏に浮かんだ。

おい、人助けなんてしたからお前との約束を守れなかったぞ。

……あの時、お前ならどうしたかな？

やっぱりあのじいさんを助けたか？　そしたらお前もこうやって後悔したのかな？

『諦めない！　後悔しない！　何度でもまた助けるよ！』

頭の中にそんな言葉が響いた。俺はカッ！　と右目を見開いた。

まだ見える！

両手を握りしめる！　まだ動く！

足に力を入れる！　まだ走れる！

やっぱりお前は俺を死なせてくれないんだな……

起き上がり逃げようとすると、前に助けたじいさんが敵に突進して行くのが見えた。

じいさんの体当たりを受けて隙を見せた敵を剣で沈める。すると、突進したじいさんがフラフラと地面に倒れた。

「おい！　じいさんどうした？」

草むらの陰に引っ張っていき、じいさんの様子を窺《うかが》う。抱き起こした時に支えた腰あたりがヌルッと生温かい。

手を見ると真っ赤に濡れていた。

「じいさん……」

どう見ても助かる出血量ではない。

「はぁ……はぁ……お前さんを……最後に……助けられてよかったわい……借りは返したぞ。お前はまだ若い……最後まで諦めるな……よ……」

「おい！　おい！　じいさん！」

なんで助けた？　なんでこの怪我でここまで来られた？

俺の問いにじいさんはもう答えることができなかった。やるせなさが胸に込み上げ、俺はぐっと拳を握りしめる。

おい、ミヅキ……人の為に生きるって……結構辛いんだな。

お前はこんな中を生きているのか？　だからあんなに強い瞳をしているのか？

罪を償《つぐな》い、お前に会えたら聞きたい。この答えを。


――懐かしい夢を見た。

そういえばあの時は生きていくのが大変だったな。あの後に腕を切られて、役立たずと制裁を受けて、また売りに出された。

腕と片目のない俺は買い手もつかず、薄暗い地下にずっと放置された。

そんな時に思いもよらない光が差した。いつの間にか俺にとって生きる意味になっていたあの子に会えたのだ。

やっぱりあの子は、どんなに薄暗い場所にいても光り輝いて見えたなぁ。

そしてそんなあの子を守れたことがたまらなく嬉しく、誇らしかった。

俺が今まで生きてきた意味を知った気がした。

だから、もういいんだ……

もうきっと俺の役目は終わったんだ。これでようやくゆっくり眠れる。もう、休んだっていいよな？

ゆっくりと目を閉じるのに外が騒がしくなる。

「……！　……！」

「デ……！　ま……！」

「デボットさん！　まだ駄目だよ！」

まったく、いつまでたってもうるさいなぁ……眠らせてくれやしない。

「早く起きて！　約束を守って！」

ああ、分かったよ！　だから耳元で叫ぶなよ！

だからその泣きそうな声をやめてくれ！

お前のそんな声を聞くだけで、胸の奥が締めつけられる。どうにかしなきゃと足掻《あが》きたくなる。

せっかくもう休めると思ったんだけどな。しょうがない、もう少しだけつき合ってやるか……

俺はため息をつき、光のほうへ歩き出した。

◆

シンクの魔法で傷は癒えたはずなのに、顔も腕も足も元に戻っているのに、デボットさんの目が覚めない。なんで目を開けてくれないの？

「デボットさん！　デボットさん！　お願い目を開けて！　まだ駄目だよ、諦めないで！」

デボットさんの体に縋《すが》りつき、私は涙を流しながら叫び続けた。

するとその時、慰めるように頭をポンと叩かれた。

「うるさいなぁ……もう眠らせてくれてもいいんじゃないか？」

ハッとして顔を上げる。デボットさんが目を開けて迷惑そうに呟いた。

「デボットさん！」

デボットさんの首元に抱きつくと、彼は慌てて両腕で受け止めた。

「あれ？　腕が……あっ！　目が見える。ミヅキ、顔を見せてみろ！」

デボットさんが抱きつく私を引き剥がし、顔を覗き込んだ。

「ぶっ！」

そして、涙でグチャグチャになった私の顔を見て噴き出した。

「なんだその顔！　酷いなぁ、折角の再会だぜ。もっと可愛い顔を見せてくれよ」

そこまで言う？　酷くない！

思わず頬を膨らませた。けれど、デボットさんがあまりに穏やかに笑っているので、仕方なく許してあげる。

「デボットさんおかえり、約束を守ってくれてありがとう」

私は満面の笑みでデボットさんを迎えた。

そこに、ベイカーさんが不機嫌そうに近づいてきた。

「ミヅキいつまでくっついてるんだ！　もう終わったんなら離れろ！　それよりもお前の主はどこにいる」

ベイカーさんは私をデボットさんから引き剥がすと、ブスターといた商人のことを聞いた。

「デボットさんを買った人はビルゲートって人なんだよね？」

あの胡散臭い笑顔が脳裏に浮かぶ。

「ああ、人を呼ぶって言ってどっか行ったっきり戻ってないな」

デボットさんは辺りを見回して、こともなげに言った。

商人がいないなら、私達と……と、淡い期待を抱いてしまう。

「デボットさんはこれからどうなっちゃうの？」

「一応正式に奴隷として買っていたら、こいつはその商人のものだ」

ベイカーさんがデボットさんを睨みつけて、冷たく言い放つ。

どうやら前に私を誘拐したことを許していないようだった。

「それでいい。俺はあいつと契約して奴隷になることを決めた。それでミヅキがこうして無事にここにいるならそれを守らないとな。約束ってそういうことだろ?」

デボットさんに尋ねられて、私はなにも言えずに俯く。

自分のせいでデボットさんの一生を台無しにしてしまった。そのことが酷く悔しくて悲しい。

そんな私を見て、ベイカーさんが複雑な表情を浮かべると、大きくため息をついた。

「はぁー……まぁその商人が罪を犯してるなら、契約も無効になるかもしれん」

ちらっとこちらを見ながら、あまり教えたくなさそうに言った。

「それ本当⁉」

私はベイカーさんの足にしがみつき、縋るように見上げた。ベイカーさんがぐっと言葉に詰まる。

「ああ……だが無効になっても奴隷という立場は変わらんぞ! そいつは罪を犯したんだからな!」

デボットさんを指さし、鋭く睨みつけた。

デボットさんはベイカーさんの怖い顔に怯《ひる》みもせずに頷く。

「じゃ、そのビルゲートって人を見つけるのが先決だね! あの人、絶対碌《ろく》なことしてないと思うもん! それにあんな状態のデボットさんを置いてどっか行っちゃったんでしょ? そんなの絶対許せない!」

私がプンプン怒っていると……

「ミヅキー！」

げっ！　あの声は……！

聞き覚えのある声が聞こえ、そっと振り返る。あっ……やっぱりね。

そこには手を振って駆け寄ってくるレオンハルト王子がいた。

後ろにはシリウスさんとユリウスさん……そして兵士をゾロゾロと引き連れている。

とうとう見つかった。思わず頬が引きつる。

頭を触ると、これまでの騒ぎで赤いカツラもケモ耳の髪飾りもなくなっていた。

「ミヅキ！　無事だったのか？」

レオンハルト王子が心配そうに聞いてくる。後ろではシリウスさん達も同様の顔をしていた。

「ご心配おかけしました」

頭を下げて、チラッと皆を窺《うかが》う。全員、困った顔をしながらも安堵したようだった。

「無事でよかったが、ミヅキ！　なんで王都に居ることを黙ってたんだ！」

安心したと思ったら、レオンハルト王子は今度は怒っている。まったく忙しいことで……

「だって、レオンハルト様に言ったらお店とかに来てうるさいでしょ？　それに勉強が忙しいと思ったから……」

前半が大きな理由だが、それは黙っておく。

「レオンハルト様、ミヅキと話したいのは分かりますが、そろそろ行きますよ」

ユリウスさんが、まだ話したそうにしているレオンハルト王子を促す。

「ユリウスさん達、なにかあるの？」

「レオンハルト様と私達は、これからミヅキを誘拐したゼブロフ商会の調査に行ってきます。レオンハルト様、無理やりついて来たんですからちゃんとお仕事してくださいね」

ユリウスさんが厳しい顔を向けると、王子は「うっ……」と気まずそうに声を漏らした。

どうやら街に出る為、調査の手伝いを理由にしたようだ。

「ミヅキにも後で話を聞かせてもらうと思います。辛いことを思い出させてすみませんが……」

ユリウスさんが私を見て、すまなそうに耳を伏せた。

「大丈夫です！　ちゃんとユリウスさん達に協力しますよ。あっ！　デボットさんはどうすれば？」

デボットさんのことを尋ねると、ユリウスさんの後ろにいたシリウスさんがきつく睨みつけた。

「なんでお前がここにいる？」

「シリウスさん！　デボットさんは味方なの！　私がブスターに捕まってる時にデボットさんも一緒にいて……自分を犠牲《ぎせい》にして私を助けてくれたの！」

私は必死にデボットさんを庇《かば》った。

「ミヅキ……お前、こいつになにをされたのか忘れたのか？」

一緒に捕まっていただけあり、シリウスさんはあからさまに警戒している。

「お前はまだ奴隷の刑期が終わってないはずだ！　一緒に来い！」

シリウスさんは構わずにデボットさんの腕を掴み上げる。

「シリウスさん、お願い……デボットさんは私の命の恩人なの……」

私はシリウスさんの服を引っ張り、泣きそうになるのを堪えながら見つめる。大事な人達が争う姿は見たくない。

シリウスさんはしばらく私の顔を見ていたが、やがて諦めたようにため息をついた。

「はぁ……分かったよ。ちゃんとこいつを人として扱うから心配するな。結果が分かったら知らせる」

その言葉を聞いて安堵する。シリウスさんになら任せられる。私は深く頭を下げた。

「よろしくお願いします。じゃあデボットさん、シリウスさん達の言うことよく聞いてね」

「俺はお前の子供か！　……大丈夫だ。ちゃんと聞かれたことには正直に答える。だからお前も……もう無理すんなよ」

「それは……約束できないな！」

「「「「ミヅキ！」」」」

あっ！　やばっ！

皆が私の返事に反応して、目を吊り上げた。だってできない約束はしたくないからね！

「うそうそ！　皆が無理しなければ私だって無理しないよ！　だから皆次第だからね！」

そう言うと、皆が盛大にため息をつく。しかし、一人が笑い出すと、皆がつられたように笑い声をあげた！

「なんで……皆ミヅキと楽しそうにしてるんだ……」

一人蚊帳《かや》の外のレオンハルト王子は、楽しそうに笑い合う私達を不貞腐《ふてくさ》れながら見つめていた。

いつのまにか近寄ってきていて、私の腕をぎゅっと掴む。

「ミヅキ！　王都に来たんだから、調査が終わったら俺と、つ、つき合ってくれ！　王都を案内するぞ！」

頬を真っ赤に染めて、勢いよく身を乗り出してくる。

皆、ポカーンと王子を見ている。

私は王子の手をきゅっと握りしめ、

「レオンハルト王子、私のことはほっといて下さい」

にっこりと笑って丁重にお断りした。

この作品に対する皆様のご意見・ご感想をお待ちしております。
おハガキ・お手紙は以下の宛先にお送りください。

【宛先】
〒150-6008 東京都渋谷区恵比寿4-20-3 恵比寿ｶﾞｰﾃﾞﾝﾌﾟﾚｲｽﾀﾜｰ 8F
（株）アルファポリス　書籍感想係

メールフォームでのご意見・ご感想は右のＱＲコードから、
あるいは以下のワードで検索をかけてください。

アルファポリス　書籍の感想　検索

ご感想はこちらから

本書は、「アルファポリス」（https://www.alphapolis.co.jp/）に掲載されていたものを、
改題、改稿、加筆のうえ、書籍化したものです。

ほっといて下《くだ》さい３　～従魔《じゅうま》とチートライフ楽《たの》しみたい！～

三園七詩（みそのななし）

2021年　6月　5日初版発行

編集ー古内沙知・加藤美侑・篠木歩
編集長ー塙綾子
発行者ー梶本雄介
発行所ー株式会社アルファポリス
〒150-6008 東京都渋谷区恵比寿4-20-3 恵比寿ｶﾞｰﾃﾞﾝﾌﾟﾚｲｽﾀﾜｰ8F
TEL 03-6277-1601（営業）03-6277-1602（編集）
URL https://www.alphapolis.co.jp/
発売元ー株式会社星雲社（共同出版社・流通責任出版社）
〒112-0005 東京都文京区水道1-3-30
TEL 03-3868-3275
装丁・本文イラストーあめや
装丁デザインーAFTERGLOW
（レーベルフォーマットデザイン—ansyyqdesign）
印刷ー中央精版印刷株式会社

価格はカバーに表示されてあります。
落丁乱丁の場合はアルファポリスまでご連絡ください。
送料は小社負担でお取り替えします。

ISBN978-4-434-28904-0 C0093